少年人文美文系列

大地的诗意

山河游历卷

徐 鲁 著

中原出版传媒集团
中原传媒股份公司

大象出版社
·郑州·

图书在版编目(CIP)数据

大地的诗意：山河游历卷 / 徐鲁著. — 郑州：大象出版社，2022. 4（2023. 2 重印）
（少年人文美文系列）
ISBN 978-7-5711-1377-3

Ⅰ. ①大… Ⅱ. ①徐… Ⅲ. ①散文集-中国-当代
Ⅳ. ①I267

中国版本图书馆 CIP 数据核字(2022)第 043423 号

少年人文美文系列
大地的诗意　山河游历卷
DADI DE SHIYI　SHANHE YOULI JUAN
徐　鲁　著

出 版 人　汪林中
策划编辑　张桂枝　孟建华
项目统筹　司　雯
责任编辑　丁子涵
责任校对　张英方　倪玉秀　代亚丽
装帧设计　王莉娟

出版发行　大象出版社（郑州市郑东新区祥盛街 27 号　邮政编码 450016）
　　　　　发行科　0371-63863551　总编室　0371-65597936
网　　址　www.daxiang.cn
印　　刷　河南瑞之光印刷股份有限公司
经　　销　各地新华书店经销
开　　本　890 mm×1240 mm　1/32
印　　张　7. 25
字　　数　120 千字
版　　次　2022 年 4 月第 1 版　2023 年 2 月第 3 次印刷
定　　价　26. 00 元

印厂地址　武陟县产业集聚区东区（詹店镇）泰安路与昌平路交叉口
邮政编码　454950　　　　　电话　0371-63956290

目 录

Contents

游历是“最好的学校”（代序）

——致少年的你

古代波斯诗人萨迪有个有趣的说法：一个人应当活到 90 岁以上，而在这 90 岁的生活中，第一个 30 年，应该用来获取知识，第二个 30 年，应该告别家园去漫游天下，最后的 30 年，应该用来从事写作。

我们且不管古代的诗人把人的一生分为这样三段是否可行。重要的是，我们因此而明白漫游天下，走遍大地，对于生命具有多么重要的意义。

其实，即使用 30 年来漫游天下，也是远远不够的。人的一生，就是一个自始至终的行走、漫游和寻找的过程。苏联文学家高尔基曾把行走和漫游称为“最好的学校”；大哲学家爱默生则认为：谁能走遍世界，世界就属于他。

英国作家毛姆在《月亮和六便士》这本小说中，写过这样一段话：我认为有些人……在出生的地方他们好像是过客；从孩提时代就非常熟悉的浓荫郁郁的小巷，同小伙伴游戏其中的人烟稠密的街衢，对他们说来都不过是旅途中的一个宿站。这种人在自己亲友中可能终生落落寡合，在他们唯一熟悉的环境里也始终孑身独处。也许正是在本乡本土的这种陌生感才逼着他们远游异乡，寻找一处永恒定居的寓所。说不定在他们内心深处仍然隐伏着多少世代前祖先的习性和癖好，叫这些彷徨者再回到他们祖先在远古就已离开的土地。有时候一个人偶然到了一个地方，会神秘地感觉到这正是自己栖身之所，是他一直在寻找的家园……

应该承认，世界上真有这样一种“心灵上的故乡”，真有这样一种前世回忆似的乡愁。也因此，这个世界上才有了那么多的游历者和行走者。

对于这样的漫游者来说，他们漂洋过海、跋山涉水而走向未知的地方的过程，也便是他们完成自己整个生命的过程。他们的幸福、希望、欢乐和生命的价值，都在这行走、漫游和寻找的过程中完成了。“漫游是一条使我们通达天宇之路。”正如美国作家欧·亨利所说：“旧的渴求和新的向往，日夜都在把你呼唤——唤你挣脱黑暗进入梦乡，唤你越过山岗走向远方。”

先哲们的漫游，给我们留下了丰富的经验和美好的激励。在沿着地球大陆和海洋旅行的过程中，人们会锻炼出坚毅的性格，形成自由、远大、开阔和高尚的眼光。做伟大的船长，新大陆的发现者，勇敢的幻想家。像光明和白昼对所有人都是开放的一样，大自然对勇敢的人们敞开着所有的大地。

苏联散文家康·帕乌斯托夫斯基也曾这样忠告我们：“如果你想成为自己国家和整个大地真正的儿子，成为知识渊博和心灵自由的人，成为勇敢、人道、坚强和爱劳动的人，成为创造崇高精神财富的人，那么就忠于浪迹天涯的缪斯吧，就在力所能及和时间允许的情况下旅行吧。然而，首先必须在自己的祖国旅行，因为我们对它至今还不甚了解……”

对此，我的理解是：我们应该先熟知自己的家园，听从时间的安排和命运的召唤，凝视曾经供奉过祖先们的生生死死的土地。那是曾经召唤了一代代人奔赴而来，流血、奋斗、耕种、相亲相爱、无愧无悔，创造了我们自己的文化和史诗的最辽阔的家园。我们最后的乡愁、梦想，都在这片家园之上。不熟悉自己家园和历史的人，对全世界也将是陌生的。

当然，“读万卷书，行万里路”。行走和阅读，从来就是密不可分的。真正意义上的行走，也永远是文化的行走、心灵和精神的行走。就像巴西诗人若昂·卡布拉尔在《作为旅行的文学》中所写的那样：“阅读也许没有把我们带往想去的城市，反而给了我们另外的国籍。”

那么，亲爱的少年，请迈开你的双脚，请用你短暂的一生，去走遍大地，去读遍沧海吧！背起小小的生命的行囊，向着命运已经把你或将要把你指引和运载的地方,去游历吧，去跋涉吧！去漫游天涯，像女作家三毛一样，去“寻找梦中的橄榄树”。这同样也是我们心灵的需求和人生的使命。

徐鲁

山河访古

铜草花下的秘密

都江堰的故事

魂来橘林青

远去的驼铃

丝路花果飘香

沙漠里的藏宝洞

塔河边的石头小屋

夕阳下的赵州桥

马可·波罗流连忘返的桥

风雨万年桥

美丽的『中国弧』

消失的西域古国

黄叶掩盖的文化屐痕

铜草花下的秘密

*

爷爷说，有铜草花生长的山野，地底下就会有铜呀铁呀等矿藏。

每到秋天，爷爷会带着他的孙子——一个 15 岁的随州少年，登上离村子不远的擂鼓墩，欣赏家乡美丽的秋色。

清清的汉水，从一望无际的秦岭山区蜿蜒流来，滋润着两岸的草木和万物的生命。很小的时候，爷爷就告诉小孙子说："汉水，是我们一代代荆楚儿女的'母亲河'。"

爷爷喜欢吹埙。坐在岩石上，爷爷专注地吹着一只埙，呜呜的埙声里，好像带着悠远的、无尽的乡愁。

"爷爷，你吹的是什么音乐呀？听得人心里好难过哦！"

少年依偎在爷爷腿边，听着爷爷吹出的埙声。

爷爷说："孩子，这是楚声，是我们家乡的音乐。"

擂鼓墩？这个地名听着有点奇怪，对吧？爷爷小的时候，常常到这片山包砍柴、打猪草。

这里还生长着一种美丽的铜草花，花瓣是蓝色或紫红色的。

爷爷说，有铜草花生长的山野，地底下就会有铜呀铁呀等矿藏。

为什么会叫擂鼓墩呢？相传在2000多年前，这里发生过一场大战：楚国国王站在这片山包上擂着战鼓，指挥楚军打败了一支叛军……后来，人们就把这里叫作擂鼓墩。

当时，这里坐落着一个很小的小国，名叫随国。后来，这里的地名一直就叫随县、随州。一代代父老兄弟姐妹，在这里勤劳地耕种和生活，收获金色的稻谷和满山的橙黄橘绿……

秋天里，满山遍野的铜草花又盛开了。可是谁能想到，开满铜草花的地底下，埋藏过怎样的秘密呢？

坐在擂鼓墩的山坡上，爷爷给少年讲起了遥远的故事……

古时候的随国，又叫曾国。这里山清水秀，到处稻花飘香，加上矿产丰富，老百姓安居乐业，小小的曾国和平安定，很少与相邻的小国和中原大国发生战争。

曾国的国君喜欢音乐，宫廷里总是飘荡着悠扬的乐曲声。乐师们用击锤敲打着用青铜铸造的编钟，奏出悦耳的音乐。

国君最小的儿子名叫姬乙。姬乙从小听着编钟乐曲长大，跟他的父亲一样，深深地迷上了音乐。

国君特意让人为姬乙制作了一组高矮合适的小编钟，姬乙十来岁时就能演奏编钟音乐了。当时的乐器，除了埙、磬、鼓等，最多的就是用青铜铸造的编钟。

有时候，姬乙会对国君提出自己的疑问：“音乐和歌舞能让一个国家变得强大吗？”

“当然不能。”国君告诉他说，“国家和平，百姓勤劳，国君开明，才能让国家变得富强，让百姓过上安稳日子。不过，优美的音乐也能滋润人心，教化百姓，培养崇尚礼仪的好风气呀！”

后来，曾国的老国君去世了。年轻的太子姬乙成了这个诸侯国的新国君，人称“曾侯乙”。

曾侯乙继承了老国君治理国家的传统，用心维护着曾国的音乐风气，注重用音乐滋润人心，教化百姓。

当时，强大的楚国和曾国等一些小国，常年在山野间开采铜矿。美丽的铜草花盛开的山野，往往也是热火朝天的采铜和冶铜工场。工匠们开采和冶炼出来的铜，大都用来铸造干戈、战车和宫廷礼器。

干戈和战车是用来打仗的，只要有战争，国家就不会安宁，百姓就没有太平日子！站在烟雾缭绕的山野间，曾侯乙想：如果用宝贵的青铜来铸造农具、编钟乐器，不是比铸造兵器更有价值吗？

他把自己的想法，讲给身边的官员和正在耕田的农人们听，大家也都十分赞成。这更坚定了他化干戈为犁锄、熔青铜铸编钟的决心。

公元前450年前后，一场盛大的青铜铸造工程开始了……

曾侯乙下令把库房里的5万件青铜兵器，还有楚国等国赠送的一批青铜，重新熔化为铜汁，一部分锻造成农具分给各地的农人，另一部分铸造成了大大小小的青铜编钟。

曾侯乙自己就是一位精通乐理和音律的音乐家。他和富有经验的乐师、铸造师们一起，一边试验，一边铸造，慢慢铸造出了一套由65件大小、重量、音色、音阶各不相同的编钟组成的大型青铜乐器。

整套编钟重达2.5吨，分为上、中、下3层，有序地悬吊和排列在宫中的音乐厅里。与65件编钟相匹配的，还有悬挂在磬架上、由32块石磬组成的编磬，以及琴、瑟、排箫、竹篪等乐器。

辉煌的编钟，在乐师手中演奏出了响彻云霄的乐音。

这时，曾侯乙也许只知道，这组大型打击乐器称得上是曾国的国宝，但他不会想到，他已为全世界的音乐文明创造了奇迹。

楚国国王楚惠王听说曾侯乙大编钟诞生了，也兴致勃勃地来到曾国做客，亲耳聆听了编钟演奏出的悠扬和洪亮的乐曲。

楚惠王还把楚国的一枚精致的镈钟，赠送给了曾侯乙，说：

“高山流水，知音难觅。愿美好的音乐在人间长存……”

可是，仅仅一年过后，楚惠王和曾侯乙这两位国君，都先后去世了。曾国的王位，由曾侯乙的儿子曾侯十继任。

一个漆黑的夜晚，这套刚刚问世还没有几年的大编钟，还有楚惠王赠送的那枚镈钟，连同其他各种乐器、兵器等，一起被布置在曾侯乙宽大的墓室里，随着曾侯乙的灵柩，永远掩埋在了地下，从此成了“绝响”，成了一个数千年来不为人知的秘密……

清冷的星光在擂鼓墩的上空闪耀。寒风吹着遍地枯萎的芭茅、荻花和铜草花。时光的脚步从这片荒丘野岭上无声地迈过……

一年，一年，又一年……

一直到2400多年后的1978年，这座大型的、秘密的墓室，才被人们发现，被考古专家们发掘出来。

起重机缓缓吊起了沉重的棺木……

当地宫里的积水被慢慢抽干，气势恢宏的大编钟重新出现在人们面前时，在场的人都惊讶得说不出话来！

专家们经过仔细的研究和分析，确认曾侯乙编钟是我国迄今为止发现的数量最多、保存最完好、音律最齐全、气势最宏伟的一套青铜乐器。它也被中外专家、学者誉为古代世界的“第八大奇迹”。

那么，曾侯乙为什么要把这么珍贵的大编钟悄悄掩埋在地下呢？

人们分析说，大约有两个原因：一是曾侯乙很爱自己的父亲，编钟是父亲的心血和智慧的结晶，他想让编钟永远陪伴在父亲身边；二是曾侯乙有自己的治国理想，也许他在隐隐担心，过度沉浸在音乐和娱乐里，会不会耽误了治理国家的重任？于是，他才决绝地把父亲毕生的心血结晶，全部深深地埋进了地下……

1978 年 9 月，在随县擂鼓墩出土的大编钟，连同其他出土的各种乐器，被送到坐落在武汉东湖边的湖北省博物馆，作为稀世文物永久珍藏，也供中外游人参观瞻仰。

音乐专家、考古专家们根据每一件编钟的音色和音量特点，经过多年的试验，又按原样复制出了许多套可供演奏的青铜编钟，不仅可以演奏《东方红》《春江花月夜》等中国风格的音乐，还能演奏《国际歌》《欢乐颂》等世界名曲。

秋天的阳光，把满山的草木渲染成金黄或绯红；洁白的芭茅花穗在山冈摇晃、飞舞；大雁高声鸣叫着，排着人字形向远方飞去……

少年跟着爷爷，又来到了擂鼓墩的山坡上。望着远处的江河和高山，听着爷爷吹出的呜呜的埙声，少年牢牢地记住了爷爷的话：“对脚下的每寸土地，对身边的一草一木，我们要真心实意地、永远爱着它们！因为它们就是家乡，就是国家……”

都江堰的故事

2000年，都江堰被联合国教科文组织列入《世界遗产名录》。

天狼星在茫茫夜空里闪着冷冷的蓝光；辽阔的西北大地上战火四起，狼烟滚滚；天边回响着征战的号角和战马的蹄音……

公元前302年前后，是中国历史上的战国时期。李冰就出生在这个时候。他的父亲懂得医术，母亲善良贤淑。望着襁褓里的婴儿，母亲默默地在心里说：“唉，生在乱世，谁知道明天的世界会还我一个怎样的儿子呢！”

几年后，幼小的孩子长成了俊秀的少年。小小少年对天地、日月和星辰的变化特别好奇。他在自家门前的平地上，插起几根高高的竹竿，做成了一个简易的日晷，用竹竿投在地上的影子的移动，观察和计算太阳的运行轨迹。

他还在自己的卧室里开了一个小天窗。透过天窗，他不断地观察记录星空和天象的变化。

有时候，他会独自坐在小河边仰望星空，仰望月亮在云朵间穿行……直到母亲找来，心疼地给他披上挡风的衣裳。

有段日子里，乡间一连下了三天秋雨，乡亲们没法下地干活，还特别担心该收获的粮食会烂在地里。

望着大家忧愁的脸色，李冰笑着说：“赶快收拾家什，准备下地干活吧，很快会雨过天晴的。”

乡亲们听从李冰的话，纷纷带上筐子和篼篼，来到田地里。果然，不一会儿，明媚的太阳露出了笑脸。乡亲们都夸李冰是个“好后生”和“活神仙”。

约公元前256年，博学多才的李冰受到秦王重用，被派往蜀郡担任太守。拜祭了父母的坟茔，李冰带着妻儿和仆人离开家乡，沿着茫茫秦岭山间的古道，骑着马向巴蜀进发了……

战国时，巴蜀一带有两个小国，东部的叫巴国，西部的叫蜀国。公元前316年，这两个小国都被强大的秦国吞并，燃烧在蜀中平原上的战火，总算是消散了。

可是，流经这片土地的一条滚滚大江——岷江，一到雨季就会泛滥成灾，淹没附近老百姓的房屋和辛辛苦苦种的庄稼。

除了凶猛的水灾，这里的一些平原区域还常常闹旱灾。李冰来到这里的第一年就遇到了大旱，禾苗干枯，田地龟裂出一道道又深又宽的口子。高高的玉垒山挡住了岷江，江水再多也流不到干旱的平原上。

李冰有个儿子，名叫二郎。二郎跟父亲一样，从小就勤奋好学，如今已长得身强力壮，还有一身好水性，是父亲的好帮手。

李冰带着二郎，走访了很多受灾的村庄，沿途遇到许多无家可归、四处乞讨的灾民，背篓里的小孩一个个面黄肌瘦。父子俩看着受苦的乡亲，心里十分难受。

“老人家，年年这样受灾，难道一点办法都没有吗？”

“大人您看，这里田肥地广，本应是五谷粮仓，可就是有一样东西没治好，害苦了老百姓啊！”

李冰从灾民那里弄清了实情，明白了眼下什么是最要紧的事情。他对二郎说：“看来，想让百姓们过上好日子，需要先治好水啊！”

他带着二郎和随从，沿着曲曲折折的岷江江岸，仔细观察弯道和地势。两岸的山坡长满了一丛丛竹竿细长的慈竹，当地人叫它“笼竹”，因为茂密的竹子看上去“一笼一笼”的。

站在滚滚江流的出山口，只见江中有一片沙洲，像一条大鱼卧在那里，一动不动。

“二郎，你知道这里为什么会有一条‘大鱼’吗？”

“是不是江水冲下了两岸的岩石……”

“没错。不过，你注意到没有，江流急的地方留不下泥沙，泥沙只能在水势平缓的江心沉淀下来，看来，想要管住野马一样的江水，必须顺势而为呀！”李冰拄着竹杖，登上了江边最高的悬崖。

俯瞰弯弯的江道，他发现，江水奔腾到这里的拐弯处，变得“温顺”了。李冰心里有数了，决定顺其自然，在这块沙洲上筑起一个“鱼嘴”，把岷江分成内外两股江水，外江用来排放洪水和泥沙，内江可以引水灌溉农田……

可是，用什么材料才能在奔流的江水里筑起这个“鱼嘴”呢？为了这事，李冰发愁了好些时。这天傍晚，他散步到了一条小河边。几位农家女正在河边洗衣裳。清浅的河水里放着几只竹篓，竹篓里漂洗着花花绿绿的衣物。忽然，河水把一只竹篓冲倒了。洗衣的女子顺手捡了块鹅卵石放进去，压住了快要漂走的竹篓。

这一幕正好让李冰看到了。对呀！这里的农家盖竹屋、草房时，不是也常用慈竹的竹篾扎架子，还会把捣碎的竹筋搅拌进黏土和石灰里，当作砌屋和粉墙的材料吗？如果用坚韧的竹篾编成大竹笼，再填满卵石，不就是很好的垒砌材料吗？

“太守大人，这真是个好法子呢！”有的老人告诉李冰，“这里的慈竹漫山遍野，可就地取材，卵石更是要多少有多少……”

李冰又召集来当地一些有经验的老人，吸取了前人积累的既要阻堵又要疏导的治水经验，制订了一套“乘势利导”的施工方案。他征调来许多生活在附近的青壮年劳力，在玉垒山下开始了中国历史上伟大的水利工程——都江堰的修建。

身体强壮的二郎带领乡亲们，从山上砍来了堆成垛的慈竹。匠人们把慈竹破成细长、坚韧的竹篾，再用竹篾编成一个个巨大的竹笼。

李冰带领着青壮年，从周边的河滩上运来一筐筐卵石。装满卵石的大竹笼被抬上了大船……

大船缓缓驶向江心，停在了李冰定好的筑堤位置。众人奋力把一个个沉重的竹笼掀进江水里。大船载着卵石笼子，一次次驶向江心。不久，一道坚固的分水堤露出了江面。

按照李冰的要求，分水堤筑成“金”字形，尖端迎着上游来的急流。当时，人们把李冰首创的这种“金字堤”称为“堋”，看上去像个大鱼嘴，所以也叫“鱼嘴”。巨大的分水堤把汹涌的江水分成了两股，江水顿时变得平缓了许多。

李冰是一位多么聪明和细心的治水专家啊！他还让人用装满卵石的竹笼，朝着左岸筑起了一道百丈长的大堤，叫“百丈堤”，用来“管住”外江江水，让它别再“捣乱”。这样，外江的大量洪水就会“乖乖”地流向下游，汇入长江，再也不会造成水患了。

二郎带领着乡亲们，在玉垒山边分成两队，一队凿山取石，一队开河疏浚，为的是把内江江水引出岷江，干旱时可以用来灌溉辽阔的农田。

玉垒山上的石头又大又硬，有的地方很难凿开，怎么办呢？李冰父子俩反复勘探和试验后，发现烈火可以让石头变脆。二郎和乡亲们在岩石下烧起了一堆堆枯树枝……

被烈火烧过的石头冷却后，果然变松脆了，有的还被烧出了裂缝。没过多久，玉垒山就被开凿出了一条长长的宽沟。

在二郎带着乡亲们凿山开河的时候，李冰带着人四处勘探和访问，走遍了蜀中十几个县的平原，确定了河道的路线。

狂风暴雨的天气，也阻挡不住李冰寻访的脚步。他披着蓑衣，戴着斗笠，拄着竹杖，继续前行……

乡亲们知道李太守要为这里引来灌溉农田的江水后，都纷纷响应，加入了分段开挖河渠的劳动队伍，连老人、妇女和小孩也帮着往工地送饭、送水。

这一天，凿山和开河的两支队伍胜利地会合了！二郎搀着身体消瘦的父亲，欣喜地看着欢呼的人群。二郎看到，父亲的眸子里滚动着晶莹的泪水……

又一个干旱的季节来到一望无际的平原上。不过，现在乡亲们不怕了。从岷江内江哗哗流来的江水，穿过玉垒山，沿着一条条河道，流进了广阔的田地里，浇灌着长势茂盛的庄稼……

秋天里，一片片稻谷黄熟了，沉甸甸的穗子低着头，好像在深深感谢李冰父子为治水付出的多年辛劳。

一条滚滚的大江——岷江，成了滋育蜀中大地万物的母亲河；一道神奇的大堰——都江堰，就像静静地停卧在青山绿水间的一道梦想的大堤、一条童话的大鱼……

都江堰，被誉为古代最宏伟的水利工程；也是2000多年前，中华民族勤劳、勇敢和智慧的结晶，显示了中国先贤在利用和改造自然、战胜自然灾害等方面惊人的创造力。李冰也被公认为中国古代最伟大的水利家。

2000年，都江堰被联合国教科文组织列入《世界遗产名录》。

直到今天，都江堰仍在发挥着防洪、灌溉、航运等功能，每年还会吸引许多中外游客前来旅游观光。在人们的赞叹和感念声里，也许，李冰父子正站在玉垒山高高的山巅和云头默默微笑，仍然在深深眷恋着这片山河大地，还有世世代代在这里生活和奋斗的勤劳的人民。

魂来橘林青

看着满山青青的橘林，不由得会想到屈原的《橘颂》……

橘林青青的初夏时节，我来到长江西陵峡口一带山区，拜谒了伟大的爱国诗人屈原的故乡，也拜谒了在遥远的汉代曾为民族友好出塞和亲的王昭君的故乡。

在这些地方，我看到了一种高大美丽的观赏树，它们的学名叫“珙桐”。珙桐是世界上现存的最古老的树种之一，在世界其他地方已罕见，但在鄂西北山区以及神农架林区却较为常见。因为珙桐树花片洁白，看上去就像一群群白色的鸽子在树上展翅起舞，所以，它还有一个美丽和响亮的名字叫“中国鸽子树”。美丽的“中国鸽子树”，是值得我们每一个中国人自豪的珍稀树种。

当地还流传着一个美丽的传说。很久很久以前，有一位漂亮的白鸽公主，爱上了一个农家的小伙子。可是，狠心的皇帝不准他们相爱，就派人把小伙子赶进了深山老林里。当善良的白鸽公主追寻到了深山时，小伙子已经变成了一棵挺拔的大树。于是，公主伸开双臂，扑向大树。就在那一瞬间，她的生命化作一朵朵洁白的鲜花，像一只只展翅的白鸽一样，栖落在了树枝上。两个真诚相爱的生命，永远地结合在了一起……

美丽的鸽子树，中国的鸽子树！这使我想到，许多忠贞的华夏儿女，不也都像这珍贵的鸽子树一样，苦恋着自己的家乡，热切地守望着自己故国的大地吗？

“中国鸽子树”所生长的这片土地，也是2000多年前伟大的爱国诗人屈原的故乡。位于壮丽的长江西陵峡口的秭归县，是屈原诞生的地方。屈原是中国历史上一位伟大的爱国诗人，他留下的《离骚》《九歌》《天问》等杰出的诗篇，是全人类宝贵的文化遗产，也是中华民族最值得骄傲的精神财富。

屈原诞生的那个小村，名叫“香炉坪”。三闾大夫屈原当年被腐败无能、听信谗言的楚顷襄王放逐后，对楚国的前途十分忧虑，可是又无力挽救国家的危亡，最后只好满怀一腔悲愤，自沉在汨罗江中。也许，悲怆的诗人是期望用自己的生命，换来茫茫三楚大地的新生吧。

当地这样传说：屈原是在五月初五那天投江的，在他死后，人们十分悲痛，纷纷划起小船，敲锣打鼓，把装上大米的竹筒投入江中，希望江中的水怪不要伤害他的身体，也期待水中的神鱼把屈原的遗体驮回故乡的土地……从此，这个美丽的风俗就流传了下来，每年五月初五端午节时，人们就赛起龙舟、吃着粽子，纪念秭归的儿子、楚国的诗人屈原。

年年五月端阳，秭归的父老乡亲，都会像先人一样划起龙舟；秭归的细妹子们，会把一串一串心形的箬叶粽子抛入江心。在雾蒙蒙的泪雨里，他们会唱起声调悠长和悲怆的《挑挠曲》，为三闾大夫招魂：

天不可上兮，上有云程万里；
地不可下兮，下有九关八极；
东不可游兮，东有溺水无底；
南不可往兮，南有野兽狐狸；
西不可向兮，西有流沙千里；
北不可去兮，北有寒冰盖地……

多么熟悉的声音，多么善良的心地。唉，大夫回来吧，快快返回故乡来！故乡啊，故乡，它是所有漂泊的诗人和游子的母亲。是的，世上并非没有诗人和文学家的好知音。我们真正的好知音，能够为我们招魂的神灵，只能是我们勤劳、善良和质朴的人民！

秭归四周真的是山清水秀。这里留下了许多纪念屈原的名胜古迹，如屈原祠、屈原庙、屈原读书洞、屈原井等。就连“秭归”这个名字，也和屈原有关。传说屈原有个心地善良的姐姐，她很疼爱自己的弟弟。当屈原被流放时，姐姐从很远的地方赶过来照顾弟弟。故乡的人们为她的精神所感动，就把这里定名为“姊归”，就是“姐姐归来”的意思（今“秭归”的“秭”由“姊”演变而来）。美丽的地方留下了美丽的传说，今天，凡是到长江三峡旅游的游客，都愿意前往屈原的家乡——新秭归县城去瞻仰和凭吊一番。

诗人屈原生活的这片土地，与汉代的美女王昭君的故乡相毗邻。王昭君出生的那个位于兴山县的小山村，原名为“宝坪村”，后改名为“昭君村”。这个小村子背靠高高的纱帽山，面朝清清的香溪河，是一个山水明媚、令人向往的地方。昭君村里有望月楼、梳妆台、昭君井等，这是王昭君少女时在家乡望月、梳妆和打水的地方。

流过村边的那条清澈的小河，是昭君经常洗衣裳和梳洗的地方，相传小河就是因为昭君才变得格外清亮和芬芳的，所以，后来的人们叫它“香溪”。香溪水里有一种美丽的小鱼，叫“桃花鱼”，只在每年春天桃花盛开的时候才出现，而在别的地方却从来也看不见。人们传说，桃花鱼是王昭君告别故乡、远去塞外时流下的泪珠化成的。

啊，小小的、美丽的桃花鱼，在清清的小溪里游来游去，就像昭君对故乡无尽的眷恋，也像昭君留在故乡的倩影。

无论是在秭归还是在兴山，在深深的山谷间，在沿江的山坡上，除了高大的珙桐，到处可见的还有一片片青青的柑橘树。端阳时节，橘林青青。到了中秋之时，就会是满山满坡的橙红橘绿。

我在秭归漫游时，看着满山青青的橘林，不由得会想到屈原的《橘颂》：“后皇嘉树，橘徕服兮。受命不迁，生南国兮。深固难徙，更壹志兮。绿叶素荣，纷其可喜兮……”诗人心中的橘树的品性，不也正如这片土地上独有的珍稀树种“中国鸽子树”吗？

由《橘颂》我又联想到杜甫《梦李白》一诗里的名句：“故人入我梦，明我长相忆。……魂来枫林青，魂返关塞黑。……水深波浪阔，无使蛟龙得。”面对青青的橘林，我在心中默默地改写了杜甫的诗句：魂来橘林青，魂去橘林黑……魂兮，归来！

远去的驼铃

*

古老的丝路故事结束了，但是，新的丝路故事正在开始。

一

天地者，万物之逆旅；光阴者，百代之过客。悠悠岁月以一种无与伦比的力量，在莽莽苍苍的大地画卷上，描绘出了一幅幅云蒸霞蔚、变幻莫测的山河图景：风雨晨昏，群山巍巍；沧海横流，江河滔滔……

而当大地被河流分割和截断了的时候，当道路被高山、峡谷和沙漠阻挡了的时候，智慧的人类却从来不会停下自己跋涉和探寻的脚步。于是，他们筚路蓝缕、披荆斩棘，一条条新的道路，又伸展在人类的脚下……

路是大地与大地之间的联系，是河流与高山之间的纽带，是人类和牛、马、骆驼等一起去拓宽自己的生存空间时踩下的脚印，路也是所有的跋涉者挥手告别的地方，是一种文明与另一种文明互相传播、交流、融合的途径。

有了路，人类智慧、文明成果得以交流和传播，人类从蒙昧、迷茫和黑暗的世纪，走向了文明、觉醒和光明的世纪，从钻木取火、结绳记事的远古，走到了日新月异的拥有现代高科技的今天。

二

或许，远在数千年前，甚至在更为遥远的岁月里，就有一条由无数旅行者踩出的蜿蜒的道路，曲曲折折地延伸在那片由雪山、峡谷、沙漠、戈壁、草原、沼泽构成的广袤大地上了。远古的明月照着这条路，关山万里，霜冷长河，多少苦寒，又多少风沙，夹带着孤独的驼铃声，走向远方，走向大漠深处……

这条古老的道路，就是举世闻名的“丝绸之路”。

但是在这条道路出现之后的漫长岁月里，它并没有被冠以“丝绸之路”这个名称。“丝绸之路”简称“丝路”，这个名词最早出自德国地质学家、地理学家费迪南·冯·李希霍芬（1833—1905）在1877年出版的《中国》（5卷）一书。

1868年至1872年间（清同治七年至十一年），李希霍芬在中国先后旅行7次，调查地质、矿藏、黄土、海岸性质与构造线分布等。他在《中国》（5卷）里，第一次把从中国通往欧洲的一条贸易之路，命名为“丝绸之路”，也就是我们现在所说的中国古代丝绸之路。

古丝绸之路指的是西汉时代（公元前202年至公元8年），由张骞两次出使西域而开辟出来的，以长安（今陕西西安）为起点，经过甘肃、新疆地区通往中亚、西亚，并连接了地中海沿岸各国一直到达意大利的罗马的一条陆上贸易通道。只因为来往在这条路上的各国商人，贩运的主要是中国出产的美丽的丝绸，所以，李希霍芬形象地称之为“丝绸之路”。

三

那么，张骞所出使的西域，又包括哪些地方呢？

原来，从西汉时代开始，生活在中原的人们，都把玉门关（今甘肃敦煌西北）、阳关（今甘肃敦煌西南）以西，从地貌上看多半是沙漠、戈壁、草原、雪山的那片辽阔无际、人烟稀少的地区，统称为西域。这个地理名词一直沿用了2000多年，一直到清代，人们仍然把中亚、西亚称为西域。

张骞从西域返回中原之后，曾向汉武帝报告说，在西域，原本有大大小小一共36个王国，后来又分化出更多的部落小国，最多时达到了50多个。当然，慢慢地，随着不断的战乱、无休无止的风沙吹袭、河流的改道，还有瘟疫等疾病的蔓延等天灾人祸，这些小国都渐渐地消失了。有一些曾经十分繁盛的王国，例如楼兰、龟兹、于阗、精绝等古国，也都神秘地、永远地消失了。

现在我们首先要弄清楚的，是古代丝绸之路的多条路线。

因为丝绸之路绵延经过的地域非常辽阔和宽广，丝绸之路所穿越的岁月也十分漫长，所以，它的内涵在不断地扩大：不再仅仅是一条丝绸、美玉、瓷器、茶叶、香料等物品的贸易之路，还是一条国家间的外交往来、不同文化与文明的传播与交流、宗教信仰与人类和平的弘扬与探寻之路。同时，出于水源供给、气候适应、行走便利等方面的需要，丝绸之路的路线，也在不断地扩展和变化着。

从大的方面讲，丝绸之路分为“陆上丝绸之路”和“海上丝绸之路”两条路线。

“陆上丝绸之路”，也分成了“北方丝路”和“西南丝路”两条。北方丝路，就是我们通常所说的，由张骞开辟的东起长安、西到罗马的这条大通道，是古代丝绸之路的主要线路；西南丝路，是从今天的成都、宜宾一带出发，越过岷江（以及岷江的支流大渡河）、金沙江、澜沧江、怒江和横断山脉，进入古掸国（今缅甸）、天竺（今印度）、狮子国（今斯里兰卡）等国。

由张骞开辟的那条北方丝路，因为蜿蜒曲折，又十分漫长，所以，后人又把它分为东段、中段和西段。

从中原的洛阳或长安出发，走到敦煌，这是东段。东段不算太长，也还比较好走，因为从敦煌再往西走，就要走出玉门关和阳关，进入新疆的沙漠戈壁地带了。所以，唐代诗人王维在《送元二使安西》那首诗中这样写道："渭城朝雨浥轻尘，客舍青青柳色新。劝君更尽一杯酒，西出阳关无故人。"

西出阳关和玉门关之后，就开始中段的路程了。中段里不仅看不见"故人"了，就是陌生人也变得稀少了。古代的人们走着走着，又走出了南道、中道、北道三条路线。南道是出阳关西行，沿着昆仑山北麓、塔克拉玛干沙漠南沿行走；中道是出阳关之后，沿着天山南麓、塔克拉玛干沙漠北沿西行；北道是沿着天山北麓，穿过准噶尔盆地西行。

再往前行走，就进入西段的路程了。西段是指越过葱岭（帕米尔高原地区）西行一直到达地中海沿岸的线路。沿途会经过大月氏（今中国的新疆地区和阿富汗东北一带）、安息（今伊朗境内）、大食（今阿拉伯半岛），最后到达罗马。

从公元前 3 世纪至公元 16 世纪，陆上丝绸之路前后绵延了将近 2000 年的漫长岁月。汉代和唐代，是陆上丝绸之路最繁盛的时期。这种繁盛一直绵延到了 16 世纪的明代中叶。

四

伟大的丝绸之路，是一条连接着亚欧大陆东西两端的大通道，从起点到终点，长达10000公里，南北宽达3000公里，堪称人类经济贸易史、文化交流史上最为恢宏、最为壮观，也最为宝贵的“陆上大动脉”。

2014年6月22日，在卡塔尔首都多哈举行的第38届世界遗产大会上，由中国、哈萨克斯坦、吉尔吉斯斯坦三国联合申报的“丝绸之路：起始段和天山廊道的路网”项目，被成功列入《世界遗产名录》。“丝绸之路：起始段和天山廊道的路网”作为一项庞大的、跨国系列文化遗产，沿线包括中心城镇、商贸城市、交通枢纽、宗教文化和关联遗迹等五大类的宝贵遗迹共33处，仅仅在中国境内，就有22处考古遗址和古建筑遗迹。世界遗产委员会评价说，丝绸之路是东西方之间融合、交流和对话之路，近2000年为人类的共同繁荣做出了杰出的贡献。

瑞典籍探险家斯文·赫定在撰写的《丝绸之路》一书中写过这样一句话：“中国人重新开通丝绸之路之日，也就是这个古老的民族复兴之时。”

随着中国发起倡议和正在实施的“一带一路”宏伟建设目

标的推进，古老的丝绸之路，不再仅仅作为一项历史遗产而存在，而是穿越了苍茫和久远的岁月，携带着它凝聚2000多年的人类文明之光蜿蜒而来，重新展开在我们的视野里。丝绸铺出的大通道上，飘洒着文明与和平的花雨，也缩短了不同的国家、民族和文明之间的距离……

伟哉！丝绸之路。

壮哉！丝绸之路。

美哉！丝绸之路。

雪山、峡谷、奔腾的大河……大漠、孤烟、远去的驼铃……时光的脚步，永不停息地向着未来迈动，而伟大的风景，总是默默无语地铺展在辽阔的天地之间。

桅杆、帆影、无垠的海面……铁锚、沉船、神秘的海底……谁见过大海阴沉的时分？当暴风呼呼地驱赶着满天乌云，巨浪拍打着礁石和岛屿，海鸟的凄叫声划破了黄昏……亿万年的大海深处，隐藏着无数个不为人知的咸涩的故事。

俱往矣！无论是驼铃阵阵、胡笳声声的陆上丝绸之路，还是孤帆远影、船队浩荡的海上丝绸之路，都已经进入古老的历史，成为人们口口相传的故事，成为史书上的一幕幕传奇。

古老的丝路故事结束了，但是，新的丝路故事正在开始。即使是所有的故事都会变旧，但是一代代孩子永远是新的。所以，我们的新丝路故事，我们的“一带一路”故事，就像世界上最神奇的童话，是永远也讲不完的。

也许，百年之后，千年之后，又一部来自东方古国的“一千零一夜故事”，将会在全世界范围内被广泛传颂。但它不再是“阿里巴巴和四十大盗的故事”，也不再是“辛巴达航海的故事”，而是由“一带一路”沿线众多国家和民族正在共同书写的，更为美丽、丰富和富有传奇色彩的伟大诗篇。

丝路花果飘香

*

漫长的丝绸之路，串起了一颗颗像明珠一样闪亮的城邑。

从大雁塔、小雁塔下的长安，到地中海边的罗马，漫长的丝绸之路，串起了一颗颗像明珠一样闪亮的城邑：敦煌、吐鲁番、撒马尔罕、君士坦丁堡……这些古老的城邑，也往往是丝路上最热闹的物品贸易集散地和东来西往的“接力站”。

唐代诗人乔知之在《倡女行》这首诗里，这样描写道：“石榴酒，葡萄浆。兰桂芳，茱萸香。愿君驻金鞍，暂此共年芳。……”诗中写到的石榴、葡萄、兰桂、茱萸等，都是沿着丝绸之路或西来，或东去的植物。

例如香甜的葡萄，我们最早只能从古埃及、古希腊和古罗马的壁画、雕塑与文学作品里，看到它们长长的藤蔓与卷须，看到那一串一串晶莹的果实。在古代波斯，葡萄树被称为“生命饮料之树”，人们认为葡萄成熟后果实累累，象征着丰饶和富足，因此把葡萄称为“月亮的圣树”。

正是因为丝绸之路，葡萄这种美味的水果，连同葡萄酒的酿造技术，渐渐地传播到了中原地区。到了盛唐时代和唐代晚期，葡萄已经在中国更多的土地上扎根生长，葡萄美酒也已经成了贵族阶层十分喜爱的宴饮饮料了。

盛唐时的皇帝太宗李世民，在长安城属于皇家专有的百亩禁苑里，就专门开辟有两个葡萄园。唐朝有位著名的园丁，名叫郭橐驼，还发明了一种“稻米液溉其根法”，就是用稻米泡出来的米汤和洗米水，来浇灌葡萄的根，这样可以使葡萄生长得更为茂盛，结出的葡萄也更为饱满。我们所熟知的王翰的《凉州词》，是唐诗中有名的一首边塞诗，诗中也有关于葡萄的描述：“葡萄美酒夜光杯，欲饮琵琶马上催。醉卧沙场君莫笑，古来征战几人回？”

再如圆圆的、多籽的石榴，也是从丝绸之路上迁徙到中国来的一种水果。在古希腊神话里，石榴被称为“忘忧果”。荷马史诗《奥德赛》里有个情节：奥德修斯在特洛伊战争之后，历尽艰辛，率部返回故乡时，途中经过了一个叫作“忘忧果之岛”的地方。住在岛上的人们给奥德修斯的水手吃了香甜多汁的“忘忧果”即石榴之后，水手们竟然乐不思乡，再也不想离开这个小岛了。无奈之下，奥德修斯只好把三个吃了石榴的水手强行绑在船桅上，驶离了这个忘忧果之岛。一路上，他们又经历了女妖塞壬迷人的歌声和唇齿间的石榴芬芳的诱惑，努力地朝着家乡的方向航行而去。在古代西亚，以色列的所罗门王也特别喜欢饮用石榴汁，就连他的王冠，也要用石榴的纹样和图案做装饰。石榴成熟的季节，老百姓也喜欢拿着多籽的石榴庆祝丰收。

在唐代，许多来自大食（今阿拉伯半岛）的商人伴随着声声驼铃，用骆驼驮着各种物品，沿着丝路络绎不绝地来到中国，连长安城的集市上也回响着阿拉伯商人的驼铃声。段成式（约803—863）是生活在唐代的一位志怪作家。他在一部著名的志怪小说集《酉阳杂俎》里记载着："大食勿斯离（当时阿拉伯人统治下的埃及）进贡之石榴，大者重达五六斤。"

唐代诗人元稹（779—831）写过一首诗，题目是《感石榴二十韵》，其中有这样的描写：

何年安石国，万里贡榴花。
迢递河源道，因依汉使槎。
酸辛犯葱岭，憔悴涉龙沙。
初到摽珍木，多来比乱麻。
深抛故园里，少种贵人家。
唯我荆州见，怜君胡地赊。
从教当路长，兼恣入檐斜。

绿叶裁烟翠，红英动日华。

诗中的“安石国”，分别指的是位于中亚的安国、石国（今乌兹别克斯坦的布哈拉、塔什干一带）。安国，又称布哈拉、不花剌；石国，乌兹别克斯坦语意为“石头城”。

丝绸之路开通后，西域的一些小国为了表示友好，也乐于把自己国家生长的特产物品贡献给唐朝皇帝，石榴也是当时西来的许多珍奇花果之一。所以直到今天，陕西西安周边地区，仍然是石榴的主要产地，而且有些石榴品种果实硕大，人们也喜欢把有些石榴品种称为“安石榴”。

位于中亚的撒马尔罕，是古代丝绸之路上的一座有名的城邑，连接着当时的波斯、印度和中国三个古老的帝国，现在也是乌兹别克斯坦的第二大城市。撒马尔罕，乌兹别克语意是“肥沃的土地”。这个地方盛产的金桃，也是沿着丝路一路飘香传到了长安，增添了盛唐时代的富庶、丰饶和外来文明。

美国有位著名汉学家和博物学家，中文名字叫薛爱华（1913—1991），英文名爱德华·谢弗。他写过一本汉学名著《撒马尔罕的金桃》，是研究古代丝绸之路上的文化交流和唐代生活的一本小百科全书式的著作，涉及家畜、野兽、飞禽、植物、木材、食物、香料、药品、纺织品、颜料、矿石、金属制品、世俗器物、宗教器物、书籍等近200种唐代日常生活物品。这本书中写到了金桃这种水果，从撒马尔罕传到中国的长安时，很快就迷倒了城里的许多五陵公子、长安少年和富家少女。薛爱华甚至认为，这种水果已经部分地成为一种玄虚神妙的实体，“与其说它们属于物质世界，倒不如说它们属于精神世界”。

《太平广记》是宋代人编辑的一本有趣的故事集，其中记述了东汉时汉明帝的一个故事：有一天夜晚，汉明帝做了一个奇怪的梦，梦见自己吃到了一种瓜，味道香甜。醒来后，明帝就让人到各国去寻找这种好吃的甜瓜。当时，生活在敦煌一带的人，进献了一种瓜，明帝吃过后，高兴地说：“嗯，不错，我在梦中吃到的瓜就是这个味儿。”这种瓜，就是现在我们常见的哈密瓜。哈密瓜也是沿着丝路从西域传到内地的一种瓜果。

歌者许巍写过一首有名的歌《蓝莲花》，原本是献给丝路上伟大的行者、唐代高僧玄奘法师的，但是歌中所赞美的那种坚定不移、追求梦想的求索精神，也让人不由得想到千百年来，沿着丝绸之路迁徙、播撒、生长的一切顽强的生命，包括那些生生不息、繁衍至今的丝路植物。

歌中写道：“没有什么能够阻挡，你对自由的向往。天马行空的生涯，你的心了无牵挂。穿过幽暗的岁月，也曾感到彷徨。当你低头的瞬间，才发觉脚下的路，心中那自由的世界，如此的清澈高远，盛开着永不凋零，蓝莲花……”

是的，除了前面说到的那些瓜果植物，还有无花果、枣椰、橄榄、月桂、胡椒、郁金香、蓝莲花等等，也都是从丝路上传到中国来的。这些经过长途迁徙，来到中国大地上落地、生根、开花、结果的植物，给古老的丝路增添了芬芳的气息和艳丽的色彩，也源源不断地熏染着和滋养着人类的智慧和文明的花与果。

沙漠里的藏宝洞

*

莫高窟是古代丝绸之路上的一处宝贵的历史文化遗迹。

很久很久以前，有个很小很小的小和尚，跟着他的师父，来到了一片大沙漠上。“师父，我好饿、好渴哦！”小和尚不想往前走了。

“再咬咬牙，前面就到三危山了。”师父把水葫芦递给小和尚，说，“要记住呀，出家人一定要学会吃苦、忍耐啊！”

“爸爸，我也好饿、好渴哦……”

说实话，这时候，小沙娜也不想往前走了。

“给，吃一块馕，喝两口水，就有力气了！”爸爸常书鸿把一小块馕和水壶递给她，然后摘下草帽扇着风，望着远处说，“我们也要咬咬牙，前面就到三危山了。到了三危山，就能看到莫高窟了。那里就是小和尚和他师父的家，也是我们的家。”

小沙娜和爸爸一起骑在一匹高大的骆驼上，一边听爸爸讲小和尚和他师父的故事，一边继续往前走。

骆驼的脖子下又响起了铃铛声：丁零，丁零，丁零……

老和尚带着小和尚，好不容易走到了三危山下。

正是夕阳西下沉入沙漠的时候，沙丘上留下了火红、金黄和玫瑰色的光芒。

“这里很美哪！来，我们就在这里打坐一会儿。”老和尚盘腿合掌闭上眼，静静地坐在沙丘上。

小和尚也学着师父的样子，盘腿合掌闭上眼，静静地坐在沙丘上。

“你看，老和尚和小和尚当时就坐在这个地方。”站在晚霞中的三危山下，爸爸对小沙娜说，“老和尚闭着眼，却看见了世界上最美的景象！三危山高高的三座山峰，闪烁着灿烂的金光……”

在金色的光芒中，三座山峰好像变成了三尊高高的、慈眉善目的佛像——那是佛陀和他的两个弟子：迦叶和阿难。在他们背后，无数座小小的山峰上，好像也立着无数尊佛像。

老和尚惊讶地望着眼前的景象，双手合十，喃喃说道：“圣地哪，多美的地方哪！我们就在这里住下吧。”

可是怎么住呢？别说房子了，连一个茅草棚也没有呀！

老和尚就请来一位老石匠，在这里开凿了一个安身的石窟……

“这就是莫高窟的第一个石窟，距离今天1600多年了！”爸爸告诉小沙娜说，“现在想想，老和尚多不容易啊！”

“爸爸，老和尚当时真的看到金光闪闪的佛像了吗？”

爸爸笑着解释说：“那些金光，不过是三危山上含有暗赭红色矿物质的山岩被夕阳照耀所发出的光芒而已。”

“那些佛像呢？”

“你想啊，在老和尚心中，时刻不忘的就是慈悲的佛祖。念念不忘，必有回响，所以他才有了那样的幻觉。”

第一个石窟开凿成功了，老和尚、小和尚和老石匠可高兴了。

老和尚把带来的一尊佛像，恭恭敬敬安放在石窟中央。从此，老和尚每天坐在这里闭目打坐。每当这时候，他的心里就只有佛祖存在，世界上别的景象都从他眼前消失了。

可是，小和尚总是安静不下来。刚打坐了一小会儿，他就偷偷睁开眼，偷看师父在干什么。

那个老石匠，把开凿洞窟的消息带到了山下和山外，远远近近的男女老少，都带着茶水、香火和供品来朝拜。

小和尚可高兴啦！因为要接待来客，他就不用盘腿打坐了，也不用背诵经书了，而且还有客人带来的葡萄和香瓜吃……

故事还没有讲完，小沙娜和她的爸爸一行人，已经来到了敦煌莫高窟前。

“欢迎你，我们美丽的敦煌小公主！来呀，来尝尝我们这里的葡萄和香瓜吧！”

“叔叔，这是小和尚和他师父吃过的葡萄和香瓜吗？”

“当然啦！”叔叔说，“今后，这里就是你的新家啦！”

这里就是沙娜的爸爸和几位艺术家叔叔工作的地方，也是小沙娜的新家。叔叔们都称她“敦煌小公主”。

因为日照充足，这里出产的葡萄和香瓜真的是又甜又香。

沙娜的爸爸和叔叔们，用带碱的泥巴垒起了围墙，又在围墙边上搭上了一些牢固的棚子。这样，那些牧羊人就不会把羊群也赶进洞窟里了，还可以在棚子里避雨和歇息。

沙娜的爸爸还带领着大家，对每一个洞窟进行了编号。每个洞窟的墙壁上，都有很多很多漂亮的壁画。他们小心翼翼地、一笔一画地修复那些破损的壁画。有的叔叔还要端着大本子，精心临摹那些壁画。

小沙娜会站在梯子下，给爸爸和叔叔递送蜡烛、毛笔和颜料。她第一次体验到，原来，世界上还有这样一种艰苦和单调的工作：

没有自来水。没有洗手间。也没有电灯，只有蜡烛和油灯用来照明。有的叔叔用吊绳把自己吊在半空中，一点点地描摹壁画。描摹穹顶的壁画时，头和身子都弯成了90度的直角。

如果渴了、饿了，就只能喝几口装在大葫芦里的泉水，啃几口干馒头和馕充饥。然后，再爬上梯子，或吊到半空，继续小心翼翼地描画和修补……

许多年后，人们称他们是“莫高窟守护者”。

莫高窟是多么美丽啊！特别是到了夜晚，金黄色的、圆圆的、硕大的月亮，好像离我们很近很近，乳汁一样的月光，把围墙外面的向日葵地照得像白天一样明亮。

“爸爸，小和尚和他的师父，后来呢？”

在月光下，小沙娜趴在爸爸膝盖上，继续听他讲故事。

“后来，老和尚带着小和尚，离开这里，到外地云游去了……哦，所有的出家人，都要云游四方，去弘扬佛法。这是他们的修行方式，又叫‘行脚’。”

“那他们的洞窟，不是白白开凿了吗？”

“不会啊！小和尚和他师父离开了，不久又有一位法师云游到了这里，他可以接着住呀！你看，我们现在看到的这些洞窟，不都是过去那些没有留下名字的人，开凿出来的吗？”

“哦，这就叫‘前人栽树，后人乘凉’。”

原来，第二位来到这里的法师，又在第一个洞窟旁，开凿了一个新洞窟。就这样，经过了一年又一年，有各种各样的人都来过这里，你开凿了一个洞窟，我也再开凿一个洞窟。有的是一个人来开凿，有的是一家人、一个氏族、一个团体一起集资来开凿的。

这么多人费力开凿出这么多洞窟，当然不再是为了居住。他们有一个共同的目的，就是表达对佛的敬仰。

他们在洞窟里安放了佛像、舍利塔和抄写的经卷，还把经卷里的很多故事，仔细地描画在洞壁上。这样，只要来到这里修行和朝拜的人，无论走进哪个洞窟，都会感到佛的存在。

到了唐代，莫高窟已经拥有 1000 多个大大小小的洞窟了。所以，莫高窟还有一个名字叫“千佛洞”。

太阳升起了，新的一天又到来了。

小沙娜背着水壶和画夹，跟着爸爸和叔叔们，来到洞窟里。

所有的洞窟都没有门，每个洞口朝着太阳升起的地方。这样，早晨的第一缕阳光就可以直射进来，照亮洞窟里满墙色彩斑斓的画面。

“真美啊！爸爸，我越来越喜欢这里了！”

“嘀，我们的小公主，昨天还在抹眼泪呢，说这里真苦，连一个小伙伴都没有……”

“不，爸爸和叔叔们不怕吃苦，我也不怕！”

从此，爸爸也开始教小沙娜学着临摹洞窟里的壁画了。这是无数没有名字的“艺术家”为后人留下的一所最美的“艺术学校”，小沙娜俨然成了这里的第一个“小学生”。

她学着爸爸和叔叔们的样子，仔细描画着这些彩色的、慈眉善目的佛像。一边描绘着还一边想：要是当年那个小和尚仍然住在这里，该有多好啊！他们也许可以一起画画，一起玩耍，还可以一起去外面采摘葵花花盘。

渐渐地，小沙娜发现，有一些洞窟的墙壁上没有绘画，有的墙壁上的绘画好像被人揭走了一样，只剩下了光秃秃的墙壁，就像一块块巨大的伤疤。这是为什么呢？

漫天的星星升起来了，人们回到围墙那边的院子里休息。

沙漠上的星空，多么辽阔和明亮啊！每颗星星，都像晶莹的宝石一样耀眼，好像一伸手就能摘到一样。

“爸爸，为什么……”

“为什么那些洞里的壁画都不见了，对不对？”还没等小沙娜说完，爸爸就明白她要问什么了。因为爸爸知道，女儿今天跟着叔叔去了哪几个洞窟。

“说起莫高窟后来的故事，就连天上的星星，也都会心疼得颤抖啊……”爸爸把小沙娜搂在怀里，指着天上的星星说，“这些星星，就像一颗颗最明亮的眼睛，它们是莫高窟的故事最好的见证……”

原来，在古代，敦煌是中国西北部的一个重镇，生活在周边的少数民族的部落，常常为了争夺这个地方，发动变乱和战争。

所以，从莫高窟诞生那天起，战乱的阴影，一天也没有离开过这里。

到了宋代，有一年，西夏部落攻打到了这里。住在莫高窟的和尚们，只好又开始逃难了。

临走时，他们把所有带不走的古籍、经卷、文书、佛像、绣品、绘画、法器等珍贵文物，都藏在一个比较隐蔽的洞窟里，然后封上泥壁，再在外面绘上壁画，一点也看不出封闭的痕迹来。

后来，战乱平息了。可是，那些逃难出去的和尚，也许是遭遇了不幸，也许是逃离得太远了，谁也没有再回来过。

这个藏有珍宝的洞窟，就在这里安静地沉睡了 900 年！

只有莫高窟上空的月亮和星星，知道这个秘密。

900 年后，中国已经进入了清朝腐败无能的统治时期。这时候，有一些西方的冒险家，骑着骆驼来到了敦煌莫高窟。他们给莫高窟带来了新的灾难……

也正是在这个时候，有一天，住在莫高窟的一个王道士，坐在墙壁边抽旱烟的时候，无意中用旱烟管敲了敲墙上的一道小裂缝。

他听见，墙壁发出咚咚咚的声音，里面好像是空的。他好奇地挖开了这面墙壁，又打开了一道小门……

一瞬间，900 年前的藏宝洞，重新出现在世界面前。

王道士惊呆了！这个没有多少文化知识的道士，认为这是神灵赐给他的宝物，所以他就随意取出了一些珍贵的经卷，交给了外人，想弄清楚这些文物的价值。

就这样，宝贵的文物，很快招来了识货的窃贼。

出生在匈牙利的一个英国冒险家，名叫斯坦因，他只用了少量一些银元，就把贪心的王道士给买通了。

王道士端着油灯，带着他走进了幽暗的藏宝洞中。

斯坦因双眼发亮，惊喜得快要晕过去了！

这个贪婪的家伙，分两次从这里盗走了24大箱珍贵的经卷写本，还有5大箱精美的绣品和绘画。他雇用了一辆牛车，运送了七八天才运送出去……

还有一个家伙名叫伯希和，是法国的冒险家。他带着自己的助手来晚了一步，发现藏宝洞里的好东西都被斯坦因拿走了，就很不甘心，也给了王道士一些银元，又从莫高窟拉走了6000多卷文书经卷。洞窟里的壁画拉不走的，他的助手就帮他偷偷拍摄下了全部洞窟里的壁画。

还有两个家伙，一个叫吉川小一郎，一个叫橘瑞超，都是日本的冒险家。他们在莫高窟住了4个月，吉川拿走了100多卷经卷写本、两尊精美的塑像，橘瑞超拿走了360多卷经卷写本。两个家伙像盗贼运送赃物一样，趁着夜色，赶着牛车，扬扬得意地溜走了……

更可恨的是美国冒险家华尔纳。他带着助手来到这里，发现洞里已经空荡荡的了。但是他事先已做好了另外的准备。

他和助手一起用一种特制的化学胶布，贴在自己看中的壁画上，再用力摩擦几下，壁画就被揭到胶布上去了。

他们在这里偷偷摸摸地干了好几个日夜，揭走了 26 方精美的唐代壁画。揭不下来的壁画，他们就用铲子一块一块地铲下来，装进木箱里……

小沙娜看到的那些洞窟里的一块块“大伤疤”，都是这些贪心的窃贼干的！

“强盗们的贪欲，是永远也满足不了的！”爸爸说，“无论是斯坦因，还是华尔纳，他们盗走了那么多珍贵的文物还嫌不够，竟然一次又一次地来到莫高窟，恨不能把整个莫高窟都搬走！”

“爸爸，盗贼这么多，难道就没有人来保护莫高窟吗？”

“有是有啊，可是已经晚了！后来，当地的老百姓明白了，莫高窟是我们的祖先留下来的宝贵遗产，就纷纷起来保护莫高窟了。”

是的，美丽的莫高窟，是我们中国人的！怎么能容强盗们任意践踏、偷盗和切割？

所以，当那个贪婪的华尔纳，第二年带着更多的化学胶布，准备更大面积地揭走和剥离壁画的时候，老百姓就把他堵在了酒泉，不允许他再靠近莫高窟半步。

在老百姓严厉的斥责声中，华尔纳和他的助手只好灰溜溜地离开了……

“小公主，你要好好学习画画，准备将来好好守护我们的国宝哟！”爸爸把小沙娜高高举过头顶，大笑着说。

这时候，小沙娜觉得自己好像变成了壁画上的飞天小仙女。

“爸爸，你放心，等我长大了，也要像你和叔叔们一样，做莫高窟的守护神！”

“不，你现在就是莫高窟的小守护神了！你知道吗？你手中的画笔，就是最好的武器。”

又一个美丽的黄昏来到了大沙漠上。绯红的晚霞，又把高高的三危山和莫高窟映照得金光闪耀了。

莫高窟是古代丝绸之路上的一处宝贵的历史文化遗迹。1961 年，莫高窟被国务院公布为第一批全国重点文物保护单位之一。1987 年，莫高窟又被评为“世界文化遗产”。

站在沙丘上，望着高高的三危山，小沙娜好像看见，远处无数座山峰上，也映照出一张张亲切的面孔。那是一代代为建造莫高窟付出了心血和生命，却没有留下名字的匠人和艺术家们的面孔……

她好像还看见，在这些面孔中间，也有那个她叫不出名字的小和尚，和他的师父乐僔老和尚在一起。

正是他们，在这里开凿出了第一个洞窟，给这片大沙漠带来了美和艺术，还有信念、敬畏与文明。

塔河边的石头小屋

*

一座用卵石和黏土砌成的圆锥形小屋，静静地矗立在那里。

一

秋天来了，大雁鸣叫着飞过寺院上空。

少年玄奘一边扫着寺院里的落叶，一边羡慕地望着远去的大雁，好像在说：大雁啊大雁，你们要是能把我带到天竺去，该多好啊！

天竺就是今天的印度。小小年纪的玄奘，为什么这么想去天竺呢？

原来，那时候国家很不太平，战争、疾病、饥荒，给人们带来了深深的苦难。小小的洛阳净土寺里，也常常躲进一些无家可归的穷苦人。每当这时，玄奘就跟着师父，端着饭钵，把自己也舍不得吃的食物，一一分送给这些穷苦人。

“师父，为什么世上有这么多苦难呀？有什么法子，能让人们生活得幸福和快乐一点呢？”每次念完经书、做完功课，少年玄奘都会这样问师父。

“唉，也许只有到天竺求取到佛祖的真经，传播给更多的人，让大家晓得佛祖善良的教导，少做坏事，多去爱护和帮助别人，这世上的苦难才会减少一些吧！”师父一边给玄奘缝补破旧的衣服，一边说。

“师父，我可以去求取佛祖的真经吗？就像‘白马驮经’那样，去把真经驮回来……”

“玄奘啊，你小小年纪就有这样的志向，为师真是高兴哪！”

玄奘（602或600—664）出生在唐代的洛州缑氏（今河南洛阳偃师）。他出家前的俗名叫陈祎，“玄奘”是他出家后的法名，后人也尊称他为“三藏法师”。因为他是生活在唐朝的一位高僧，人们也俗称他为“唐僧”。

玄奘的父亲叫陈惠，曾在地方上当过官员。玄奘是家中的第四个儿子，幼年时跟着父亲学习儒家经典，养成了知书达理、孝敬长辈的良好品德。父亲去世后，他的二哥在洛阳净土寺出家，法名“长捷”。受到二哥的影响，玄奘11岁那年，也跟随二哥进入寺庙，学习了《法华经》《维摩经》等佛教经典，受到当时的大理寺卿郑善果的赞赏，认为他眉目清秀、心地善良，而且勤勉好学，是个可造之材，就破格准许他也在洛阳净土寺正式出家，当了小和尚。

玄奘出家后，就在净土寺里跟着他的师父，早起晚睡，勤奋学习，小小年纪就能背诵出许多佛教经书。

几乎所有出家人都知道“白马驮经”的故事：东汉时期，两位西域的法师，用白马驮着珍贵的佛像和经卷来到了中国。为了欢迎从远方来的客人，东汉的皇帝还让人专门在洛阳建了一座寺院，取名“白马寺”，这是佛教传入中国内地后兴建的第一座寺院。

因为经常听师父讲述“白马驮经”的故事，玄奘想去天竺取经的愿望越来越强烈了！

他每天起早贪黑，把能找到的经书，都念诵得滚瓜烂熟。夜很深了，所有人都入睡了，只有满天星星陪伴着玄奘，他坐在那里一动不动地默诵着经书。

他的师父看在眼里，心里明白，玄奘这么用功，是在为西行取经悄悄做准备呢。

“孩子，去天竺不仅路途遥远，路上还有千里流沙、万丈雪山和凶猛的野兽，你不害怕吗？”

“师父，只要能求得真经，我什么也不怕！”

“你也许会冻死、饿死在半路上，身边没有一个同伴……”

“师父，我心中有佛祖啊，什么都不怕！”

贞观三年（629 年，一说贞观元年），玄奘法师终于等到了西行的时刻。他背起驮子、戴着斗笠，踏上了漫长和艰辛的取经道路……

二

玄奘从长安出发，西去天竺取经。他沿途从兰州、凉州到达了瓜州，再经过玉门关，进入沙漠地带，历尽辛苦，到了今天的哈密、吐鲁番、库车等新疆地区。然后又到了今天乌兹别克斯坦首都塔什干等地。他从那里又到达了今天阿富汗的加兹、巴米扬等地区，以及巴基斯坦的白沙瓦、斯瓦特等地，然后又到达了克什米尔。

荒凉的、一望无际的大沙漠，还有沙漠上那一堆堆骆驼和旅人的白骨，也没有让玄奘退却；茫茫的、狂风呼啸的大雪山，还有寒冷、饥渴、疾病和孤独，都没有挡住玄奘的脚步。一个美丽的梦想引导着他，一步步向着佛祖诞生的地方，向着留下了佛祖足迹的地方走去。

穿过茫茫的沙漠戈壁，越过艰险的雪山峡谷，历尽千辛万苦，玄奘终于跋涉到了天竺境内。

他在那里一住就是十几年，走过了天竺及其周边的许多国家，到处寻访和抄写佛祖留下的宝贵经卷。其间，他在著名的那烂陀寺学习和修行了多年。因为他是从唐朝来的高僧，天竺的僧人们对他非常尊重，他还被选为通晓三藏的十位高僧大德之一。所以后人又称他为“唐三藏”。

今天，无论是在印度，还是在释迦牟尼的故乡尼泊尔蓝毗尼，玄奘法师的故事几乎家喻户晓。

印度有一篇文章叫《佛的影子》。故事写的是：有一天，玄奘独自前往一座寺庙去拜访一位高僧。走到恒河边时，他遇到了一伙强盗。

强盗们发现玄奘身上一点值钱的东西也没有，非常失望。强盗问他：“喂，你要去哪里？怎么身上一分钱都没带？”

玄奘平静地回答说：“我要去向一位高僧求教学问，只要带着一颗真诚的心就够了。”

强盗又问：“难道你不怕强盗吗？”玄奘回答说：“为了学习佛法，哪怕到处都是野兽我也不怕，何况你们都是人呢。”

最后，强盗们被玄奘的善心感化了，纷纷扔下手里的家伙，满脸羞愧地跑远了……

印度人把玄奘用善心感化强盗的故事，写进了课本里。今天，印度很多小朋友都会讲述这位中国唐代高僧的故事。

大雁一年年朝着温暖的远方飞去，玄奘也一年年变老了。

又一个冬天来到了，大雪把天地连成了白茫茫一片。

这一年，40 多岁的玄奘法师告别天竺，踏上了回国的道路……

三

雪，越下越大了，天地间连成了白茫茫一片。

大风卷着冰冷的雪花，从高高的雪山上吹过来，吹得山路上的三个人和一匹大白马，每走一步都那么吃力。

“师父，还有多远才能到啊？”那个小和尚问道。

“阿觉，还早着呢！”师父给小和尚裹了裹棉袍，说，“咬咬牙，再坚持一会儿，闯过这个风口，我们就在那儿休息一下。”

师父就是从天竺求学取经回来的玄奘法师。小和尚是法师收养的一个孤儿。法师照顾着这个孩子一天天长大了，还让他跟在自己身边学习佛法。

牵着白马的人，是法师的大徒弟。他非常敬仰师父的学问，一心要跟着师父到大唐去学习佛法。

刚走了不一会儿，小和尚又想出了一个主意：“师父，这么多的经书，好沉好沉呀！我们扔掉一些吧？”

玄奘师父和大徒弟、小和尚的背上，都背着装满经书的驮子。

大白马的背上，也驮着装满了经书和佛像的驮子。

“这可不行啊，阿觉，你知道吗？这些经书都是师父一个字、一个字，起早贪黑抄写下来的，多不容易啊！”大徒弟连忙阻止了小和尚。

“阿觉，你大师兄说得对呀，我们带回的这些经书，每一本都很宝贵呢！等我们到了长安，我还要带着你们学习，把它们翻译成汉文。”师父把水葫芦和一点干粮分给小和尚和大徒弟。

他们卸下经书驮子，躲在山石下喝了点水，吃了点干粮，好补充一下体力，继续赶路。

“避开了大风雪，你们看，从这里望过去，天地一片洁白，是不是很美哪？来，我们就在这里打坐一会儿。”

师父说着，就盘腿、合掌、闭上眼，静静地坐在山石下。眼前的世界，好像突然变得十分安静了。

大徒弟、小和尚也学着师父的样子，盘腿、合掌、闭上眼，静静地坐在山石下。

“美呀，真美呀！……”静静打坐了好一会儿，玄奘师父轻轻地自言自语着。

“师父，您看到了什么？‘美呀，真美呀！’”小和尚好奇地问道。

“师父一定是看到慈悲的佛祖了！师父常常教导我们，在出家人心中，佛祖是世界上最美、最美的形象。”大徒弟告诉小和尚说。

“不，不单单看到了慈悲的佛祖呢！我刚才好像又看见离开了 17 年的大唐首都长安，看见黄河流过的中原家乡了……”

雪山上的路，越来越难走了！大片的雪花落在他们的帽子上、棉袍上，也落在遮盖着经书和佛像的伞盖上，大风吹得白马的鬃毛和尾巴在风中飘动……

“师父，离开长安这么久，您是不是想家了？”大徒弟一边牵着马往前走着，一边问师父。小和尚也好奇地看着师父。

“想家？哦，师父是个出家人，早就没有家了。师父的家，就是长安，就是黄河和中原，就是中国啊！”

师徒三人和大白马一起，终于翻过了最后一座高高的雪山。

“你们看，走下这片高原，前面就进入大唐的土地了！”师父高兴地指着雪山下的一片草滩。这时候，风雪也停止了，大白马也悠闲和轻松地喷着响鼻和热气。

“师父您看，那里有条大河！那是黄河吗？”小和尚指着远处一条弯弯曲曲的雪水河说。

“不，那是塔什库尔干河。十几年前，我就是沿着这条河，离别了大唐的土地，去往天竺国的。唉，快 20 年了！我总算是回来了……”师父的眼睛里闪着晶亮的泪水。

“还是家乡的水、我大唐的水甜啊！你们看，河边的水草多么丰美……”在浪花奔腾的雪水河边，师徒三人捧起清亮的河水大口大口地喝着，洗着脸，大白马也低下头畅快地饮着河水。

这时，一个年轻人从远处快步跑过来，扑通一下跪在法师跟前，大声叫着：“法师，您……是玄奘师父吗？”

“孩子，你是……”

“法师，您不认识我了吗？十几年前，我和父亲一起，帮您挑着行李，送您到了这里，然后分了手，看着您一个人远去了……”

“哎呀，孩子，原来是你啊！都长这么大了，我真的认不出来了！那时候，你还只有阿觉这么大呢！”

“是啊法师，您一去就是近 20 年，您也有点见老了！”

“孩子，你在这里干什么呀？怎么没有回中原去？”

“是父亲让我在这里等您的。父亲说，总有一天您还会从这里回来的！父亲让我一定还给您牵骆驼，带您过沙漠。今天，我终于等到您了！”法师慈爱地扶起这个年轻人，问道：“孩子，你父亲呢？他还好吗？”

“法师，我父亲……他已经躺在那里了。父亲说，就是死了，他也要埋在大路边，等着您回来！”年轻人指着不远处的一个小土包说。

“多好的人啊！”玄奘含着泪水对大徒弟、小和尚说，“你们一定要牢牢记着，以后无论到了什么地方，都要好好地去为众生服务，去帮助更多需要帮助的人。”

玄奘一行三人和年轻人一起站在土包前，他们都双手合十，默默悼念着躺在这里的那个人。

“法师您看，您当年住过的石头小屋，还在那里等着您呢！石头小屋的门朝向东方，朝着长安和中原的方向。”

在水草丰美的河滩上，一座用卵石和黏土砌成的圆锥形小屋，静静地矗立在那里。小屋里有石头砌的简易壁龛，四壁被油灯熏得漆黑了。十几年前，在去往天竺的路上，这座小屋是玄奘法师歇脚和读经的地方。

“孩子，走，牵着大白马，咱们一起走！”玄奘法师拉着年轻人的手说。

“师父，往哪里走呢？”大徒弟和小和尚问道。

玄奘法师弯下腰，背起沉重的经书驮子，又帮小和尚背起驮子，说：“穿过河谷，穿过沙漠，朝着长安走，咱们回家……”

四

此刻，我就站在被称为“石头城”的新疆塔什库尔干县境内，一条蜿蜒曲折的雪水河——塔什库尔干河（简称“塔河”）河畔。

清清的雪水河，依然在哗哗流淌着奔向远方。这是世代生活在这里的塔吉克民族的兄弟姐妹们的“母亲河”。

在河流的一个大拐弯处的水草丰美的草滩上，玄奘法师当年歇脚和读经的圆锥形小屋，也依然还在。

小屋的门仍然朝向东方，屋顶有气孔可供通风。它是古代丝绸之路上的一处著名的文化遗迹，后人把这个地方称为“玄奘古驿站”。

站在河流边的这个圆锥形的石头小屋前，我们不妨想象一下，1300 多年前，没有公路和铁路，也没有马车和牛车，玄奘法师就是靠着自己的双脚，靠着坚定不移的决心和毅力，风餐露宿，沿着河流和水草一路西行，穿越了漫漫的大风沙，翻过赤日炎炎的“石头城”火焰山，克服了多少难以想象的艰辛和困难，才取回了那些宝贵的经书。他从印度带回来的佛经，有 657 部之多!

回国后，他除了潜心翻译这些佛教经典，还口述了自己西行取经的经历，人们把他的口述一一记录了下来，这就是有名的《大唐西域记》。这本书中记录了玄奘亲身经历、亲眼看到、双脚踏入的大大小小的 100 多个国家。书中记录了印度等西域国家的许多风土人情，不仅为当时中国人了解印度和西域打开了一扇窗户，也为后世留存下了珍贵的历史资料，对中国后来的文化艺术产生了巨大的影响。

在印度，人们非常敬仰中国唐朝的玄奘法师。《大唐西域记》被赞誉为就像照亮了印度尘封已久的真实历史的一支火炬。因为正是有了《大唐西域记》这部书，印度人才明白，原来对世界影响深远的佛教，就诞生在自己的国家。人们根据《大唐西域记》里的记载，也相继发现和确认了菩提伽耶、鹿野苑、那烂陀寺等世界佛教名胜。

在尼泊尔，玄奘法师同样备受崇敬。尼泊尔文化和教育部门还特意把《西游记》中有关玄奘在尼泊尔的故事整理和翻译出来，供一代代尼泊尔人阅读。考古学家根据《大唐西域记》里的记载，通过考察核实和发掘，证实了蓝毗尼园的地点，相传释迦牟尼诞生于此，故佛教徒视之为圣地之一。

玄奘取经的故事和他的《大唐西域记》，也被翻译成了德、法、英、日、韩等多个国家的文字。玄奘不仅是一位闻名世界的文化名人，而且被梁启超称为“千古一人”。

玄奘西行，是中国和印度这两个古老的国家自古以来互联互通、互学互鉴的历史见证，也在中国和中亚、南亚各国之间，建起了一座文化交流、友好往来的美好桥梁。

伴随着这位伟大的行者一路不停地向前的，除了孤独、单调的风声和驼铃声，一定还有一种能够给他带来无限的力量和坚忍的毅力的东西，那就是一颗寻求真理、光明和知识的“初心”。古老的丝绸之路，也见证了这位唐代高僧和大旅行家为了求取真经而付出的百般艰辛。

夕阳下的赵州桥

赵州桥建于隋开皇、大业年间，距离今天已有 1400 多年了。

祖先们的行脚，虽然蹒跚在艰难曲折的风雨路途上，但是，没有任何力量能够阻挡住历史的步履。

从南北朝、隋、唐、五代直至宋、辽、金时期，即从 420 年至 1271 年元朝开国之前这段漫长的历史时段里，中国社会经历了一个飞速发展的时期，尤其是唐宋两代，国家相对安定统一，综合国力日趋强盛，经济文化空前繁荣，加上交通运输业和科学技术水平的提升，其国家影响力也无远弗届。可以说，当时的中国，已然是世界上最先进、最发达的国家了。

东晋以后，因为汉人贵族官宦大举南迁，经济中心从原先的黄河流域南移至长江流域，致使原本就水路发达的东南地区的经济得到快速发展与繁荣。经济和科技的发展，又反过来刺激着桥梁建筑的发展。因此，中国桥梁建筑在这个时期进入了群星璀璨、异彩纷呈和风格多元的“鼎盛期”。在这个时期里，一批堪称世界一流的桥梁，在古老的华夏大地上诞生了。

智慧过人的中国桥梁建筑大匠们，凭着各自的双手，把一座座技艺高超、精美绝伦的桥梁作品，呈现在世人面前，也贡献给了未来的世界桥梁建筑艺术史和科技史。

说到中国古代的桥梁，我们首先应该说到的一座桥，就是闻名中外的赵州桥。

赵州桥，又名安济桥。它凌跨在河北省赵县县城南郊不远处的洨河上，是一座“敞肩式”——或曰“空腹式”的单孔圆弧弓形石拱桥。此桥建于隋开皇、大业年间，距离今天已有1400多年了。桥梁史学家论证，像赵州桥这样的敞肩拱桥，在欧洲，一直到了19世纪才出现，比我国晚了1200多年。

千百年来，赵州桥承受着无数次的车辆、人畜的反复碾压，经受了大大小小十数次的地震、战争的考验，也饱尝无数次的暴风骤雨和山洪泛滥的侵袭，至今仍然傲然屹立，睥睨沧桑而千古独步。其驾石飞梁之姿，有若长虹卧波，更似苍龙凌空。

驾石飞梁尽一虹，苍龙惊蛰背磨空。
坦途箭直千人过，驿使驰驱万国通。
云吐月轮高拱北，雨添春色去朝东。
休夸世俗遗仙迹，自古神丁役此工。

宋代诗人杜德源的这首《安济桥》，不仅高度评价了这座千古名桥给人们带来的交通的便利，还向为建筑这座桥梁而付出了辛劳、才智与卓越的工艺的能工巧匠们，献上了由衷的敬意和热情的礼赞。

李春，据说是现在的河北省隆尧人，是修建赵州桥的主持者。因为这座桥，他成为中国历史上著名的建桥大匠之一。李通，据说是现在的河北省唐县人。他凭着自己的手艺，参加了赵州桥的修建。因为这座桥，他作为中国历史上著名的石匠之一而载入了史册。

桥比人长寿。这些伟大的造桥者们早已经化作燕赵大地上的一粒粒泥土和尘埃，但是他们留下的这座千古名桥，却能够“奇巧固护，甲于天下”，如“初月出云”，若“长虹饮涧”。他们的生命与才智，无疑都融化在这座石桥的每一处令人叹为观止的工艺细节里了。他们的生命将与这座老桥同在，共与日月同辉!

金色的晚霞映照着美丽的赵州桥，盘桓和流连在这座壮丽的老桥上，我们会发现，桥面上有一些类似驴蹄印、车道沟的痕迹，拱券下还有一些手印的痕迹。这究竟是怎么一回事呢?

传说，赵州桥为建造业的祖师爷鲁班所修。那一天，鲁班修好了赵州桥，八仙之一的张果老骑着驴，柴荣推着车，来到了桥头。他俩问鲁班：“此桥经得起我们两人走吗？”鲁班说：“哪里的话！这么坚固的石桥，还经不起你们走吗！”于是，张果老背着装有太阳、月亮的褡裢，柴荣推着载有“五岳名山”的车子，一起过桥，把这座桥压得直摇晃。鲁班见势不妙，急忙跳下河去，用手在桥东侧使劲顶住，免得桥梁被压坏。结果，因为双方用力太大，就在桥面上留下了驴蹄印、车道沟，拱券下也留下了手印。柴荣因为推车过猛，跌倒在桥上，一膝着地，压下了膝盖印。所以直到今天，这些印迹还都历历在目。

民间传说故事里的演绎成分和牵强附会固不足为信，不过留在桥面上的这些不同的印迹，却显示出一种力学原理，那就是：对于用纵向并列法砌筑的石拱桥，重车靠桥边行驶对桥的安全当然不利，因此，所有的驴蹄印、车道沟、膝印等，都在靠东侧三分之一的桥面宽度以内。这些所谓的“仙迹”，其实就是行车外缘的界限，意在提醒人们，载重的车辆应该从桥的中央通过。

而原来的手印，因为石桥东侧拱券倒塌，已经不复存在了。东侧是所谓“仙迹”经过之处，也是石桥受力最多的地方，用手托住对桥的安全当然有利。它显然是在提醒后人，万一石桥发生裂痕，可在留有手印处用木柱支撑和顶住，以便从容修理。

这些造桥巨匠们的高超智慧和细致、周全的用心，于此可见。

赵州桥是一座伟大而不朽的老桥。它不仅是中国桥梁建筑鼎盛时期的一件典范性的作品，也是中国和世界桥梁建筑史上的一颗璀璨的明珠，体现着我国古代拱桥的结构科学和建造技术的最高成就。

马可·波罗流连忘返的桥

*

北京民间有一句歇后语“卢沟桥的石狮子——数不清”。

英国科学家、中国科技史研究专家、剑桥大学李约瑟博士，在他的皇皇巨著《中国科学技术史》中说，中国桥梁在宋代以后又有了令人叹为观止的发展，一系列巨大的板梁桥出现了。

例如：北宋建造的叠梁式木拱桥，又称虹桥；还有同属北宋时期建成的，用筏形基础并且植蛎固墩的福建泉州万安桥；南宋时期，采用石梁桥与开合式浮桥相结合而建成的广东潮州广济桥……

这些造型各异、异彩纷呈的桥梁，都是中国古代桥梁建筑“鼎盛期”的杰作。“敞肩式”结构的出现，不仅使中国石拱桥的建筑如雨后春笋一般涌现在大江南北，而且也使拱桥的桥梁形态千变万化，更加轻盈美观。桥梁的建筑材料，也从原先的以木料为主，发展为以更加坚固的石料为主。如果要举出一座最能代表这个时期的中国桥梁建筑艺术之美的桥梁，我们就不能不说到一座许多人耳熟能详的老桥的名字——卢沟桥。

卢沟桥，坐落在北京城西南的永定河上，始建于金大定二十九年（1189 年），于明昌三年（1192 年）竣工，历时近 3 年。永定河原名卢沟河，又名桑干河，此桥因此而得名。清康熙三十七年（1698 年）正式定名为永定河。

在我国元朝做过 20 多年地方官吏的意大利探险家和旅行家马可 · 波罗，曾在这座美丽的石桥上流连忘返，并在他那部著名的旅行记中，对卢沟桥做了热情的赞美和细致的描写，称这座桥是“世界上最好的、独一无二的桥”。

“河上有一座美丽的石桥，各处桥梁之美鲜有及之者。桥长三百步，宽逾八步，十骑可并行于桥上。……桥两旁各有一美丽栏杆，用大理石板及石柱结合，布置奇佳。登桥时，桥路较桥顶为宽。两栏整齐，与用墨线规划者无异。桥口初有一柱甚高大，石龟承之，柱上下皆有一石狮。上桥又别见一美柱，亦有石狮，与前柱距离一步有半。此两柱间以大理石板为栏，雕刻种种形状。石板两头嵌有石柱，全桥如此。此种石柱相距一步有半，柱上亦有石狮。既有此种石栏，行人颇难落水。此诚壮观，自入桥至出桥皆然。”

马可 · 波罗看到的卢沟桥，距离金代建成此桥不过百年，他所描述的桥的长度与宽度，以及栏杆、石狮、华表等，都与今天保存下来的实际形状相似。唯一不准确的只是桥孔的数目，这可能是因为他后来的追记而弄错了。实际上，这座联拱式石拱桥共有 11 孔。

那么，如此宏伟、美丽的一座大桥，是在怎样的背景下诞生的呢？这就不能不提到中国历史上的一个特殊的朝代——金王朝。

1153 年，金代的统治者完颜亮定都中都（今北京）。为了实现对整个华北地区的政治、军事和经济上的控制，他曾经在南北水陆交通方面采取了许多措施。而永定河，是联系着燕云十六州一带通往华北平原和南方各地的重要渡口，单凭临时的木桥、浮桥或渡船，已经满足不了日益繁忙的交通需求。

于是，这项无论是当时还是现在来看都堪称宏伟和不朽的工程应运而生，而且一旦落成便举世瞩目。

卢沟桥为我国北方现存古桥中最长的石拱桥，全长 266.5 米，11 个孔洞以中心孔最大，向两侧递减。各孔之间采用了“连续桥”的结构，即相邻的两孔都有一个共同的拱脚，使各拱结成整体。

卢沟桥所跨的永定河，洪水的祸患历来严重，古代曾有“无定河”之称。每当开春季节，冰封的河流开始解冻，往往造成春洪泛滥；夏季多雨，又时有洪水暴发。因此，对桥墩的要求就更高了。

卢沟桥在筑墩工程上，采取了一种名为“插架法”的结构，即在桥的基础上打桩，以增加松软的泥沙河床的抗压力，减少桥基的沉陷。

许多年前，桥梁建筑学家在卢沟桥调查访问时，有的老人说，从前确实在桥下河床内发现过木桩。这种古老的加固基础的办法，在我国古代桥梁工程中常常被采用。同时，卢沟桥的建造者还把桥墩的前部建造成了一种有利于分水和泄水的“尖嘴”状，使水流进出洞口都极易分散，以减少洪水的冲力。可谓既实用又美观。这也正是卢沟桥历经近千年的风雨沧桑和急流冲撞而依然“石工鳞砌，坚固莫比”的秘密所在了。

几百年前，卢沟桥一带民间还流传着一个“斩龙剑”的故事。说是有一天，忽然天昏地暗，乌云滚滚，接着雷电交加，大雨滂沱。人们看见卢沟桥上游，有十条凶猛的恶龙簇拥着洪水排山倒海而来。人们都非常担心卢沟桥的安危，不料恶龙们到了桥下竟然顷刻间被驯服了，不见了踪影，来势凶猛的洪水也顺着桥孔服服帖帖地流走了。于是，人们认定，这卢沟桥上一定藏着一把神奇的“斩龙剑”。其实，这所谓的“斩龙剑”的秘密，就是来自卢沟桥桥墩上用来分水的“尖嘴”形状。

当然，提到卢沟桥，人们都忘不了桥上的那些石狮子。卢沟桥两边共有 281 根望柱和石雕栏杆，每根望柱上都雕刻有形态各异、生动活泼的石狮子。北京民间有一句歇后语“卢沟桥的石狮子——数不清”，正说明这座桥上的石狮子之多，仿佛一个没有答案的“谜团”。

实际上，这里大大小小的石狮子还是数得清的。1962 年，有关部门专门派人做了一次认真的清点，逐个编号登记，最终清点出大小石狮子 485 只。

有意思的是，在 1979 年的一次复查中，细心的人们又发现了 17 只被遗漏的、藏在一些大狮子身后或怀抱里的小狮子。如此一来，卢沟桥上的大小石狮子的总数就是 502 只了。至于今后是否还会有所发现和增加，看来谁也不敢来画这个句号了。不过，这倒是越加证实了那句北京民间歇后语的准确性。

卢沟桥是中国古代桥梁建筑鼎盛时期的一个杰作，代表着中国古代石拱桥的最高成就。自金、元以来，北京一直作为京城，而卢沟桥作为京城的门户之一，担当着“密迩京师，八方通衢”的重任。来往商旅，迎送宾客，官府出差，考生应试……往往都会经过此桥，并在此流连。因此，这里也就留下了大量的佳话和美文。其中“卢沟晓月”是著名的“燕京八景”之一。

桥头御碑亭里的一块“卢沟晓月”碑，是清朝乾隆皇帝所题。1937 年，震惊中外的“卢沟桥事变”，就发生在这里。卢沟桥上的枪声，标志着中国全民族抗战的开始。

现在，这座镌刻着光荣的历史记忆的石桥，已经成为我国北方知名度很高的建筑古迹，并被列为国家重点文物保护单位。历史的烟云早已消散，岁月也在悄悄流逝，伟大的风景默默无语。但是，大地无疆，山河永在。滔滔黄河，滚滚长江，还在朝着东方日夜奔流，高歌低唱。

风雨万年桥

万年桥是盱江的“灵魂”和最美的“亮点”。

盱江的“盱”字，读作xū。盱江在古代又称“汝水”，指的是江西省第二大河流抚河的上游一段。盱江发源于广昌县的血木岭山中，一路向北流往南丰县、南城县，在临川区下源村附近汇入抚河。

如果说，江西的赣江给人以苍茫和奔放的印象，那么，盱江和抚河，却是比较婉转和幽静的河流，两岸风景甚是秀美。迄今已有近400年历史的万年桥，位于南城县城东北的武岗山下，如一道美丽的虹桥，横跨在秀美的盱江上。它是江西省最长的一座古代石拱桥，在我看来，它也是盱江的“灵魂”和最美的“亮点”。

中国古代桥梁史告诉我们，在元、明、清三个朝代的六七百年间，全国各地的造桥匠师们，继承着前人的造桥技术，在大大小小的河流之上，继续修筑着一座座新的桥梁，同时也在修补着、加固着甚至改造和重建着那些古旧的老桥。因此，桥梁史学家们把这个时期称为中国桥梁建筑的“延续期”。

与前几个时期相比，虽然这一时期的桥梁建筑技术并没有什么突破性的发展，但桥梁工匠们在修缮古桥，尤其是西南川、滇地区的匠师们在竹索桥、藤索桥和铁索桥的兴建上所贡献的智慧与技艺，为后来的建桥者们留下了许多可供师法的例子。位于江西南城县城东北的万年桥，是这一时期桥梁建筑的一件代表性作品。

万年桥是一座多孔石拱桥，始建于明朝崇祯七年（1634年），至清朝顺治四年（1647年）完工，跨了两个朝代，历时14年。此桥全长411米，宽近6米，共有23个桥孔，是明清两代最大的桥梁工程之一，也是这个时期最美的桥梁之一。

万年桥的桥基和桥身，都是用大青石建成，并采用围堰抽水干修法修建桥墩。什么是围堰抽水干修法呢？就是在修筑桥基前，先筑起堰墙，将河水抽干，然后用青石垒基，拱券发券采用纵联垒砌，石头之间的空隙再用卵石、石灰、砂石掺和其中筑实。据《万年桥志》记载：“用此筑法，不患其湿，而患其燥，土可养石，灰可胶土，卵石为灰之骨，实为妙也。”

《万年桥志》中还记载说，当年兴建此桥，工程浩大，动用远近民工数万人，左边拦住了黎河的洪水，右边锁住了盱江的波涛，然后埋石沉江，挡洪引水。

如此浩大的工程，建桥者们没有任何现代化器械，全靠手工操作，千千万万的大青石块，全靠一双双辛劳的手一块块凿出，14 年间为建此桥而献出性命者，不计其数。

除了这座保留至今的宏伟而秀美的桥梁本身，因为此桥而传世的一篇《万年桥志》，也一改以往历代桥志“详于人事而略于工程为不足”的修志方法，保存下了许多有关古代桥梁修建和施工技术方面的文字资料，还附录了大量详细的施工图解。万年桥也因此在古代桥梁史上具有了更多可供借鉴和研究的科技价值，以及鲜活的文献意义。

时光的日晷，如同投在大地上的树影，在缓缓地移动。历史的车轮，却随着世界近代工业革命的速度，正在日新月异地飞速向前……

19 世纪末叶，欧洲工业革命的成果，也加快了中华民族走向现代化的速度。随着我国第一条铁路的通车，中国桥梁建筑也迎来了又一次划时代的技术大革命。

那么，继续向前走吧，古老的中国桥梁建筑事业！伟大而辛劳的造桥人！就像土耳其诗人塔朗吉在一首《美丽的火车》里所写到的那样：但愿你们一路平安！所有的桥梁都坚固，所有的隧道都光明。你们在哪里出现，就给哪里带去欢乐、希望，还有富足和平安！

美丽的“中国弧”

*

壮哉，我幅员辽阔的中华山河！

记得大学时代从《博览群书》上读过一篇文章，约略知道了，我国考古学家、科幻小说作家童恩正先生，曾提出过一个名为“半月形”文化传播带的假设。这个“半月形”北起东北三省和内蒙古赤峰地区，经内蒙古河套、陇东、青海东部、川西，连接起西藏东部和云贵高原。

英国汉学家、艺术史学者和考古学家杰西卡·罗森女爵士，正是在童恩正的“半月形”假设的基础上，提出了一个“中国弧”的考古地理学概念。

什么是美丽的“中国弧”呢？按照罗森的说法，以气象上的夏季风北缘为线，可以把中国的版图分为三个区域：一是东南的中原地带；二是大西北的草原地带；三是在这两个气候、经济、文化颇为不同的地理区域中间的那个弯弯的、像半月形的区域，就是“中国弧”。

罗森认为，在“中国弧”的西侧，中国古代文化发展的步伐和整个欧亚大陆中心地区同步；在“中国弧”的东侧，古代中国则是另一种独特的面貌，与欧亚草原的发展步伐并不一致。而正是这个美丽的“中国弧”，成为东西方交流的桥梁和纽带。

罗森是一位有着深厚的中国文化情结的汉学家。1994 年她开始担任牛津大学墨顿学院院长，是该学院成立 700 多年以来的第一位女院长。2006 年，她又开始担任牛津大学副校长，是该校的中国艺术与考古学教授、英国学术院院士。

罗森的研究领域，在一般人看来，离一位有着女爵士身份的科学家未免有点遥远。她研究的是中国古代艺术与考古，尤其是中国远古商周时期的青铜器和汉代墓葬。

为什么她会对这个领域产生研究兴趣呢？已过古稀的罗森不久前在中国所做的一场学术演讲中，谈到自己对中国和中国古代文化的兴趣，始于她的少女时代。少女时她就多次想象过那个古老的、辽阔的东方帝国到底是什么样子呢？他们为什么要修建一道那么长的围墙（万里长城），把自己围起来呢？仅仅是因为要阻挡来自北方的骑兵吗？这样的好奇与想象，一直伴随着罗森长大。

1975 年，罗森第一次来到中国，亲眼看到了之前她只是在书籍和画报上看到过的紫禁城和故宫。那次她是作为英国博物馆代表团的一名成员来中国的。访问中，她见到了中国著名历史学家、考古学家夏鼐先生，中国的考古学者和史学家们给她留下很深刻的印象。正是这次北京之行，使她坚定了自己研究中国、研究古代中国文化艺术的目标。回到伦敦后不久，她进入大英博物馆任职，也开始了自己的汉学之路。

她在较短的时间内就学会了汉语，甚至还学会了像中国人一样喝白开水，而不是喝红茶和咖啡。她所阅读的书籍，大都是有关中国历史、文化的典籍；她的书房和工作室里的陈设，也完全像一个中国学者的书房的陈设，古色古香，每一个细节里都散发着中国古代文化艺术的气息。

她甚至希望自己能像一个真正的中国人一样去思维、去感受、去生活，而所有的中国人，也不要把她当“外人”，而是作为自己的同胞。因为她觉得，在她的骨子里，中国就是她的精神故园，是她前世回忆似的灵魂之乡。

读着她的《祖先与永恒》，我感到作为一位考古学家，对于远古中国的物质文化，她显然比很多中国人更为了解、熟悉和热爱。她从大学时代起就致力于通过物质文化来研究古代中国，在数十年心无旁骛的研究生涯中，她根据那些从墓葬中出土的青铜器、玉器等工艺品渐渐弄清楚了古代中国人是怎样使用它们的；也进一步弄清楚并详加阐释了这些器物的制作技艺、使用和拥有者的身份、生活与信仰等。

对于古代中国与外部世界的关系，罗森的核心观点是：自公元前3000年（或前2500年）以来，中国（主要指古代中国的中原地区）一直以她自己的方式与外部世界发生联系，她的社会与物质系统很早就呈现出了“中国特色”。大凡传入中国的新技术，都会被本土化。中国只接受那些可以被本土化的新鲜事物，对难于转变的事物往往加以拒绝。

在研究中，罗森特别注意考察成套的青铜器在商周礼仪程序中的作用。还有那些华丽的古代墓葬，墓主人与建造者究竟是出于什么想法而建造的？从商代至汉代，中国人的墓葬形式整体上有什么演变？那时候，中国与亚洲内陆地区有什么样的交流和联系？在古代玉器方面，她把注意力集中在上古玉器在后期的保存与重新使用上，例如，在商代妇好墓中，曾发现了许多早期传下来的上古玉器。像这样的细节，特别能吸引罗森的目光。除了远古中国，还有诸如明、清两季的一些史实与名物，也在她的关注之内。可以说，上下五千年的中华文明，全都在她的研究视野里。

最令我好奇和感佩的，是她提出的美丽的“中国弧”概念。这个“中国弧”真的是了不起！它可以让我们看到中国对世界文明进程的推动与贡献，感受到中国物质文化强大的生命力和融合力。她以铁器为例说，铁器原本是从外部传入中原和长江流域的，但中国使用了全新的冶炼技术来炼铁，不仅制造农耕和生活用具，也制造可以保护自己的铠甲，这样就赋予了铁器全新的使用方式，改变了铁器的内涵。

中华文明具有很强大的吸纳力。中原文化在与草原文化的接触过程中，智慧地保留了对自己有利的东西，而摒弃了违背自己传统和无法被转化的那一部分。同时，两种文明中具有自己特色的物质文化面貌，又一直被珍视和保持着。罗森认为，“中国弧”也是理解欧亚历史长时段效应的一把钥匙。

罗森曾应北京大学的邀请，在北京做过四场演讲。只要看看她演讲的总题目“中国与她的邻居们，近与远，公元前 3000 年至公元 1000 年”，就不难想象，这位考古学家的研究领域，离我们的日常生活有多么遥远，而她“孤身走我路”的脚步，已经深入到了那么遥远的年代。在我看来，罗森本人就是那个美丽的、沟通东西方地理版图和文化交流的“中国弧”。

在一次演讲时，曾有中国青年听众满怀好奇地提问说：“艺术史在追求什么？难道不是真理吗？”罗森微笑着回答说：“只有先陷入黑暗，才能够真正地开始。”

她的意思是说：当你进入了公元前 3000 年甚至更早的黑暗年代里，去拨开迷雾，看到了消逝、颓败、湮灭的真相之后，你才能重新看到，并且给世界带来新的光明、新的希望。

罗森对中华传统文化的敬重、热爱与痴迷，恰好印证了一个真理：文化自信，是一种更基础、更广泛、更深厚的自信，是一种更基本、更深沉、更持久的精神力量。

“中华民族生生不息绵延发展、饱受挫折又不断浴火重生，都离不开中华文化的有力支撑。中华文化独一无二的理念、智慧、气度、神韵，增添了中国人民和中华民族内心深处的自信和自豪。”

“中华文化既是历史的、也是当代的，既是民族的、也是世界的。只有扎根脚下这块生于斯、长于斯的土地，文艺才能接住地气、增加底气、灌注生气，在世界文化激荡中站稳脚跟。正所谓‘落其实者思其树，饮其流者怀其源’。”

这是习近平总书记在中国文联十大、中国作协九大开幕式上的讲话中的两段文字。当时，坐在北京人民大会堂里，现场聆听着这些掷地有声的话语时，我真切感受到了一种醍醐灌顶、怦然心动般的力量与激情。最近，在写作一本中国古代丝绸之路的故事读本的日子里，总书记的这些论述，又不时掠过心头……

美哉，瑰丽的“中国弧”！

壮哉，我幅员辽阔的中华山河！

消失的西域古国

*

古老的丝绸之路上，曾经有许多显赫一时、繁盛一世的古国……

黄沙漫漫，天地苍茫。古老的丝绸之路上，曾经有许多显赫一时、繁盛一世的古国，但是最终却颇为神秘地、永远地消失了。

这些古国，包括楼兰、龟兹、大宛、乌孙、匈奴、东胡、康居、奄蔡、大小月氏、条枝、安息、大夏等。张骞出使西域回到汉朝后，曾说在西域广大的土地上存在这大大小小至少“三十六国”。

400 年前后，晋代高僧法显西行取经时，途经了一个极其荒凉的地方，他后来在《佛国记》里写道，此地“上无飞鸟，下无走兽，遍及望目，唯以死人枯骨为标识耳”。他记述的这个地方，就是位于新疆罗布泊西北部的一个已经消失的古国楼兰。

楼兰，就是汉代时地处西域的鄯善国（今新疆维吾尔族自治区鄯善县东南一带）。楼兰曾经是一个历史悠久的文明古国，也是古丝绸之路上一个繁盛一时的重镇。然而，它在辉煌了将近500年之后，却在大约4世纪的时候，逐渐地消失了。

那么，是什么原因导致了楼兰古国的湮灭呢？

郦道元的《水经注》里记载，在东汉以后，原本流经楼兰，也是灌溉着辽阔的西域大地上的一条大河塔里木河中游的注滨河，渐渐改变了原来的河道，离楼兰城越来越远。为了拯救这个繁华的城镇，当时，附近的敦煌派出1000多士兵，焉耆、龟兹等小国也派出3000多人，齐聚楼兰，不分昼夜地开挖河道，想把注滨河的水流重新引进楼兰。此举也的确暂时缓解了楼兰的缺水困境，但是终究拗不过大自然不以人的意志为转移的伟力，人口密集的楼兰古城，最终还是因为失去了宝贵的水源而消亡了。

还有一种说法是，当时的人们虽然懂得逐水草而定居的道理，但是并没有多少环境保护意识，更糟糕的是，因为过度追求城市的繁盛和奢华的物质生活，很可能违背自然规律，乱砍滥伐，最终导致水土流失、风沙侵袭、河流改道，甚至是瘟疫流行……

到处肆虐的瘟疫，也是楼兰消亡的一个致命的原因。据历史学家和考古学家推测，经常袭扰西域这些国家的瘟疫，是沙漠地带的一种急性传染病，又被称为“热窝子病”，一旦在哪个村子或城镇蔓延，就无一人能够幸免。很可能，楼兰城的居民最后也被瘟疫侵袭了，在可怕的病灾面前，人们纷纷逃离城市，沿着塔里木河逆流而上，哪里有水草就往哪里去，最后剩下了一座空城，交给了漫漫的风沙，任其吹袭、损毁和掩埋……

后来的考古学家们，对古楼兰遗址不断有着新的考古发现。人们根据楼兰古城遗址出土的木雕、织物、钱币等，想象和勾勒出了古楼兰曾经有过的繁华。

1980 年春天，中国新疆的考古专家发掘出了一座楼兰古墓，墓中有一具少女的身体，奇迹一般地被完好地保存了下来。这个少女脸庞瘦小、鼻子尖挺，还有深凹的眼眶、褐色的长发。大家由此发挥了无限的想象力，甚至还融进了对美丽的现代塔吉克族少女的整体印象，最终复原出了一个标致迷人的“楼兰姑娘”的形象。

美丽的楼兰姑娘就像一个遥远的梦，让更多的人对楼兰这个神秘消失的古国，一直保持着最美和最活跃的想象。

丝绸之路上另一个消失的文明古国，是龟兹国。龟兹国曾经是西域诸国中一个实力强大的古国（今新疆库车一带）。汉昭帝时，龟兹国王在大臣姑翼的建议下，偷袭轮台，杀死了汉朝的校尉赖丹。汉宣帝即位后，并没有忘记多年前龟兹国的不忠行为。命长罗侯常惠出使乌孙联系起兵事宜，顺路发诸国之兵攻打龟兹国。这次征战，使得龟兹国国王绛宾归顺降服了汉朝。

在此后很长一段时间里，汉朝与龟兹国互相友好，相安无事。可是到了 379 年，中原与龟兹等西域诸国之间战端又起。前秦皇帝苻坚派出赫赫有名的大将吕光去征伐西域。

这次征战，吕光大破龟兹等西域诸国组成的联军，他的战神威名使整个西域遐迩皆知，焉耆、龟兹这些小国，最后都缴械归顺了。

这次征战，吕光大将军还有一个意外的收获，就是把龟兹国的一位誉满西域的高僧鸠摩罗什，带回了中原。

鸠摩罗什（344—413）是一位著名的思想家、佛学家和翻译家，被誉为中国佛教的“八宗之祖”。流传在中国的许多经书，大都是经他的手翻译成汉文的。他在译经和佛学方面的成就，被称赞是“前无古人，后无来者”。鸠摩罗什祖籍是天竺（印度），出生在西域的龟兹国，年轻时在天竺游学，跟随很多高僧学习佛教经典，不仅精通佛典，也熟练地掌握了梵文、汉文等多种语言，被后人称为“语言学大师”。鸠摩罗什先是在甘肃凉州住了多年，在那里弘法传经。401 年，鸠摩罗什又到达了长安，带着弟子们翻译佛教经书，为中国佛教文化和哲学思想的传播，做出了巨大的贡献。

那么，龟兹国是在什么时候，因为什么消失的呢？

史学家认为，在 8 世纪中叶，由于唐朝经历了“安史之乱”，唐王朝再也无暇顾及西域各国的时候，龟兹国周边地区战争风云此消彼长，龟兹国逐渐走向了衰落。

大宛国也是古代丝绸之路上的一个有名的王国。大宛国当时位于汉朝正西面，离汉朝本土约有 5000 公里。张骞两次出使西域，都经过了大宛国，并且通过对大宛国的友好，展示了汉王朝同西域各国交好的诚意。

张骞回国后，向汉武帝报告说：大宛国这个地方除了盛产稻子、麦子、葡萄和葡萄酒，还出产一种高大的骏马，马出汗带血。这就是有名的汗血宝马，当时被叫作“天马”。

汉武帝一直很喜欢西域出产的各种珍奇物品，包括那里的珍奇动物和植物。公元前 110 年，汉武帝委派韩不害率领一个友好使团出使大宛国，希望能用重金换回一些“天马”。结果，大宛国的国王目光短浅，利令智昏，因为贪图汉朝使团带去的不菲的财物，竟然把韩不害给害死了。

两国交战时，都不斩来使，何况汉朝派去的是一个友好使团！这还了得！汉武帝不禁大怒，调集了不少兵力和物资，命大将李广利率兵进攻大宛。汉朝军队大兵压境，死死地围困住了大宛城。

围城不久，惶惶不可终日的贵族们为了求生自保，集体密谋反叛，不仅向汉朝军队献出了大宛国国王，还献上了不少汉武帝一直心心念念的宝贵的汗血宝马。李广利斩了大宛国国王后，带着汗血宝马班师回朝。

明清时，大宛国又被称为浩罕汗国。虽从大宛变成了浩罕汗国，这个国家仍然十分弱小，经常受到位于天山山脉北麓地区的准噶尔汗国的侵袭。1757 年，清朝乾隆皇帝派兵彻底征服了准噶尔汗国，使浩罕汗国和清朝在塔里木盆地的喀什地区连成了一片。

然而，一些从清王朝统治地区逃亡的瓦拉贵族，不久都流亡到了浩罕汗国，这股新的势力的崛起，给清王朝构成了潜在的威胁。清朝不得不派出军队予以征伐。

后来，浩罕汗国国王企图与阿富汗地区的杜兰尼国王联合对付清朝军队，然而，杜兰尼于 1763 年在浩罕和塔什干之间的一次示威没有产生任何效果，最终只好向清朝屈服了，但清朝应允了他们在新疆地区的通商权。

最后，在 1876 年，浩罕汗国被俄国吞并。现在，无论是大宛国，还是浩罕汗国，都不复存在了。

匈奴，曾经是称霸西域的一个十分好战的王国。在西汉初期，中亚大陆的大部分地盘都被匈奴人侵占了。当时，匈奴人也经常进犯汉朝版图，给西汉政权带来了长久的侵扰，甚至是凌辱。

等到西汉国力有所增强时，汉武帝下了极大的决心，要不惜任何代价铲平匈奴。于是，在汉武帝时代，因为对匈奴的不断讨伐与征战，也造就了像“飞将军”李广、大将军卫青、少年将军霍去病等许多战功卓著的英雄。

这些爱国将领在当时是让匈奴人闻风丧胆的战场“克星”，而现在他们骁勇善战、一生都驰骋在西域沙场的传奇故事，更是被传颂千古的英雄佳话！

中国古代也出现了不计其数的边塞诗，歌颂了这些爱国英雄戍边卫国、横扫强敌、效命沙场的大无畏精神。

公元前 36 年，面对气焰嚣张的匈奴军队，率部出征的校尉陈汤，在向元帝奏请的奏折中立下了一句掷地有声、响彻千古的誓言：“明犯强汉者，虽远必诛！”这句话，现在已演变成大家耳熟能详的“犯我中华者，虽远必诛”！

陈汤率领汉朝军队所向披靡，攻无不克，一口气打到了匈奴人的大本营楚河畔。匈奴首领郅支单于招架不住，被逼着退到了城楼之上。陈汤命令将士从四面用火齐攻，并不断地击鼓助威。

最后，郅支单于身边的男女数百人及一些吏士，完全失去了抵御能力，汉兵拿下城池，斩下了郅支的首级，从狱中解救出了两名汉朝的使者，活捉了匈奴的大小官员 100 多人，还俘虏了上千名士兵。

熟悉东汉史的人都知道“燕然勒功”或“勒石燕然”这个典故。说的是东汉大将窦宪，率领大军出塞追击北匈奴 3000 余里，至燕然山一带，曾刻碑记功。史学家把这段碑文称为“封燕然山铭”。

燕然山，即今蒙古国境内的杭爱山。1990 年蒙古国两位牧民在此发现了一块石刻，但解读不出来。后经中国内蒙古大学蒙古学研究中心与蒙古国成吉思汗大学合作实地踏勘，这块刻有“封燕然山铭”的东汉石刻才得以“重见天日”。

当时匈奴分裂为南、北匈奴两部，南匈奴亲近东汉，而北匈奴却处处与东汉为敌。窦宪将军的这次征战，是汉朝与匈奴人的一次“终极之战”，不仅彻底结束了汉朝与匈奴之间漫长的战争，洗雪了长久以来匈奴人给汉朝带来的耻辱，也大大提升了汉朝在西域各国的威信，重振了汉朝的大国雄风。

直到 4 世纪末，当年少数远远地逃遁而去的匈奴人留下的后裔渡过了伏尔加河和顿河，去入侵欧洲一些国家时，天性好战的匈奴人的踪迹，才再次出现在人们的视线中。但是这时候，那个曾经在丝绸之路上飞扬跋扈、不可一世的匈奴王国，早已经永远地消失无踪了。

同样，因为战争吞并、流沙掩埋、瘟疫肆虐、大举迁徙以及其他各种自然天灾，诸如大夏、东胡、乌孙、疏勒、于阗等不少西域王国，都相继消失了。

也许，巡行在古老丝路上的悠悠岁月，更像一条奔腾不息的滔滔大河，淘洗和裹挟着沿途的一切，向着未来一路奔涌而去。能在这奔腾不息的大河两岸扎下根、留下来的那些生命，已是幸运者和胜利者了，而更多的人与物、城与国，甚至是曾经极尽繁华的许多人间盛景，却只能随着时间的流逝，也被一一地淹埋在了漫漫的黄沙之下。

黄叶掩盖的文化屐痕

一自坡公谪南海，天下不敢小惠州。

在俄罗斯，每当陌生人踏进大诗人普希金多次旅居过的三山村时，就会有一些上了年纪的老人告诉你："您千万别听前面济马村的那些老汉瞎吹，说普希金似乎多次经过他们的村子。其实他在三里之外就拐弯了，因为济马村尽是烂泥，没法儿通行。"

对此，济马村的老人们会反驳说："我们并没一口咬定，说普希金每天都经过我们村，但是他的确也到过我们村呀！他不光是在你们村里住过，因此你们也别那么神气！"

这些对话，一方面说明大诗人所到之处，每每为之增添光彩且流芳后世；另一方面也反映了人民对自己的文化英才的拥戴与自豪之情。

在我国，因某位文化名人的足迹行止或诗文佳篇，而让某个地方的胜迹景观声名远播的例子，也是数不胜数的。仅以宋代大文学家苏东坡为例，这位文化巨人所到之处，皆会“雁过留声”，复又“物因文传”，全国各地与他的名字紧紧联系在一起的名胜景观和物产佳话，不知有多少！文化史上甚至还有“一自坡公谪南海，天下不敢小惠州”之说。

地处湘鄂赣三省交界的鄂南阳新县，是一个美丽的边城。苏东坡在北宋神宗元丰七年（1084 年）到过此地。那是在他被谪贬黄州 4 年又 4 个月之后，再调汝州（今河南临汝）做团练副使时，北上途中，由黄州至九江，再从九江到筠州（今江西高安），去探望弟弟子由，路过了位于长江南岸、与九江毗邻的兴国州（今湖北阳新县），并在此小住。

《苏轼诗集》中有一首《自兴国往筠宿石田驿南二十五里野人舍》，即为此行所吟。诗云：“溪上青山三百叠，快马轻衫来一抹。倚山修竹有人家，横道清泉知我渴。芒鞋竹杖自轻软，蒲荐松床亦香滑。夜深风露满中庭，惟见孤萤自开阖。”

东坡此行光顾阳新，留下不少故事佳话。其中有证可考的一个故事说，四月初，他从黄州乘木舟沿江而下，至阳新富池口（今富池镇附近），停舟游览了三国时代留下的名胜半壁山。

半壁山位于江南岸，孤峰昂举，悬壁如削，与北岸的田家镇互为犄角，形势峻峭，屹如关隘。诗人迎高风而立于悬崖之上，面向滚滚东去的长江，顿生在黄州赤壁时的豪放之情。于是，他从山脚下的一片毛竹林中，捡得新脱的笋衣数匝，让同行的人以江水研墨半桶，然后登临悬崖，大笔一挥，书成“长江锁钥”四个大字。之后，几经镌刻，这四个大字今天仍然保留在临江的悬崖上，成一灼灼胜迹。

至于诗题中所说的“石田驿南二十五里野人舍”，是在今天位于兴国镇以南的枫林镇附近的一个地方。枫林的碧云山，就是因为这次东坡先生的宿居，从此改名为“坡山”。坡山之上，现今还有传说中的苏东坡的“洗墨池”等景观。坡山脚下的村塆里，还流传着东坡先生在这里歇脚与吃晚饭的故事。

我读苏东坡的诗文集时，见有一些选本都将上面提到的那首诗中的“兴国”，注释为“江西赣州兴国县”。这实在是失之毫厘，谬以千里了，虽然同为“兴国”，但是此“兴国”非彼“兴国”也。东坡先生当年自九江过兴国赴高安，行走路线清晰极了，实在是不必要更没可能绕个大弯，走到赣州的兴国县去的。

那么，我写这篇游记，是否也有因东坡先生路过兴国，那么天下当不应小视兴国的意思呢？当然有这个意思，然而又不仅仅是这个意思。正如同三山村、济马村的人们之于普希金的争论一样，包含更多的是对历史文化名人的拥戴和热爱的感情。

大地丰碑

赣南的青山

*

他们义无反顾，他们前仆后继，他们勇往直前！

巍巍井冈

如果说，井冈山像一朵盛开的莲花，那么，井冈山的中心茨坪盆地就是花蕊，而花瓣，便是环绕在茨坪四周的崇山峻岭。

可是有谁知道，这片森林茂密、山川纵横、道路崎岖的群山，千百年来竟是亡命之徒日夜出没的地方。用《长征——前所未闻的故事》的作者索尔兹伯里的话说：各种罪恶——奴役、压迫、高利贷——在旧中国的一切落后现象，当时在井冈山应有尽有。他甚至还觉得，井冈山就像海明威在《战地钟声》里写到的马德雷山脉一样。进山，是一种生命的冒险；出山，同样也是一种生命的冒险。

但是，在20世纪30年代里，大智大勇的共产党人、来自湖南的青年革命家毛泽东，却率领中国工农红军毅然挺进这片神秘的群山，在这里开辟和建立了中国第一个以农村包围城市、武装夺取政权的红色根据地，敲响了使整个旧世界和旧制度覆灭的丧钟！

1928年4月28日，毛泽东、朱德率领的两路红军在这里会师。

啊，井冈山新生了！井冈山沸腾了！

五百里翠绿的井冈林海和竹海，风涛荡荡，赤旗猎猎；云散雾开，鼓角相闻……

世界上大概没有一座山能像井冈山这样，聚集过如此众多的共产党人。井冈山实实在在成了“天下第一山”，成了当之无愧的“中国革命的红色摇篮”。

可是那时候，每一位共产党人和革命者都是多么的清贫！有的甚至衣衫褴褛。红米饭、南瓜汤，填不饱中国革命先驱的辘辘饥肠；一顶斗笠，一领蓑衣，遮挡不了从各个山口吹来的雨雪风霜。

但是，星星之火正在燎原。映山红开遍了红土地，映山红开在年轻的红军战士的心上。一盏风灯，一支火把，就是穿破黑夜的一线希望；一根扁担，一支老枪，搁在肩上，就意味着肩负起为穷苦百姓打天下、求解放的理想和重量！

从领袖到士兵，从老赤卫队员到儿童团长，从白发苍苍的老爹到心地善良的细妹子……一副副臂膀靠在一起，砌成了井冈山上风雪也摧不垮、雷霆也轰不倒、永远高高屹立的界碑和城墙！

矗立在黄洋界五里排的那株老槲树，是井冈山峥嵘岁月最好的见证者；峭壁危崖的大小五井，是注视着中国命运的眼睛；直到今天，只要一走进八面山的山口，我们仿佛仍然能听见惊天动地的厮杀声和呐喊声；登上高入云端的黄洋界，还会听到“报道敌军宵遁”的嘹亮鼓角声……

风吹雨打的山岩，刀砍火烧的林丛；烧不死的芭茅草，砍不尽的井冈竹……我是来此寻觅和谒拜你的历史的，却惊讶地发现，历史在你的怀抱里从来就没有衰老，依然那么年轻，那么充满革命激情。历史也从来没有沉沉睡去，反而更加清醒，仿佛我们今天所走的每一步，都会把它惊动。

巍巍的井冈山啊，你是这样的葱茏和美丽，你又比世界上所有的群山都要崇高，都要雄伟和沉重。

茅坪和八角楼上的灯光

我来到井冈山主峰北麓的这个村庄里，它的名字叫茅坪。从前，我只在历史教科书上听到过它的名字。

走过古老的谢家祠堂——一个杂草丛生的石阶小院，我轻步登上了房子的顶层——一座八角小楼。这是年轻的毛委员当年写作和召集红军干部开会的地方。

一盏桐油灯，一张小木桌，再加上一颗满怀着推翻一个旧世界的坚定信念的殷殷丹心。斗转星移，柳色秋风。虽然他远离了风起云涌的大都市，但他的耳边，自有千种声音在呐喊，在呼啸……

就在这个简陋的八角小楼里，中国现代革命史上最伟大的诗篇诞生了：《中国的红色政权为什么能够存在？》《井冈山的斗争》……这是他第一次面向世界，系统地阐述了武装夺取政权、建立革命根据地的理论和纲领。

想象一下那些万籁俱寂、只有远处的风涛浩荡的午夜时分吧！在一盏昏黄的桐油灯下，一个高大的身影，在这八角小楼里满怀焦灼地徘徊着，沉思着；沉思着，徘徊着……

他时而凭着小窗，远眺黑茫茫的群山和神秘无限的星空；时而俯下身来，似有万般激情在涌动……他这样奋笔疾书着——

"……中国迫切需要一个资产阶级的民主革命，这个革命必须由无产阶级领导才能完成……"

"我们深深感觉寂寞，我们时刻盼望这种寂寞生活的终了……"这是这位从湖南第一师范学校走出来的青年政治家、哲学家、革命家的信念和梦想，也是这位充满丰富的想象力与创造激情的青年诗人的坚定心声。

春去秋来，落叶萧萧。他和他的战友们一起，这样憧憬着他们殷切期盼的那个伟大而壮丽的革命高潮的到来——

“它是站在海岸遥望海中已经看得见桅杆尖头了的一只航船，它是立于高山之巅远看东方已见光芒四射喷薄欲出的一轮朝日，它是躁动于母腹中的快要成熟了的一个婴儿。”

鲜花的洪流

在井冈山区和赣南一带山岭上，到处可以看到一种鲜艳的、蔓生的血色小花。小小的花朵都呈极为规则的红五星形状。

它们是野生的，山冈、路旁、河岸、田野……随处可见。有的连成一片，远看像一片霞光；有的则是弯弯曲曲的一长溜儿，似一条人为的连绵不断的缎带。我走过许多地方，但我从没见过这样的小花，也不知道它们叫什么名字。

在贡江的一条支流边的一个小村庄里，我看见家家的门前和屋后也种植了这种美丽的小花。我于是向一位年长的老表打听这种奇异的小花。老表竟颇为我的无知而似有不悦。他的赣南方言实在是难懂，我不得不大声地追问了好几遍，最终我还是吃力地听懂了他的话。

原来，它们的名字叫“红军花”！

这中间还有个传说故事。原来，当年工农红军为了保住革命的有生力量，撤出井冈山苏区，开始长征时，有一支奇特的队伍很快就组成了。他们看上去不像是军人，他们是红军中的老、弱、伤、残和妇女，其中还有一些孕妇。这些人中还包括许多红军歌手、戏剧家、诗人和作家。这便是著名的“红星纵队”。

命令一到，“红星纵队”便沿着暮色里的贡江南岸出发了。为了不迷失方向，他们沿途每隔一段便留下一颗红五星作为指路标记。最后他们离开了赣南，离开了贡江。但红五星却永远地留在了他们所经过的大地上。

第二年春天，布谷鸟唤来了第一声春雷，人们发现，大地上开出了这种奇特的红五星花，星星点点，每一朵都是那么鲜艳夺目……赣南人便把它们叫作“红军花”。

多么美丽的“红军花”，多么浪漫的战争传说啊！

这种美丽的小野花，在这一带的山冈、路旁、河畔、田埂上，随处都能见到。一到春夏时节，就会开得特别鲜艳，有的连成一片，远看像一片霞光；有的是弯弯曲曲的一长溜儿，就像一条连绵不断的“花带”。我查对了一下植物类的书籍，知道了这种野花的学名叫“旋花科茑萝”，因为花朵呈五角星的形状，有的地方也叫它星星花、五星花。

而“红军花”这个名称，我知道，也许是任何百科全书和植物志里都不会写到的名字。但我却相信了，这种艳丽血色小花的来历真是这样，而且应该是这样，只能是这样。

美丽的“红军花”，不是存活在植物志里的，它们是扎根在中国革命的史书上，扎根和开放在赣南人心灵土壤上的花。

这一瞬间，我想起散文大师普里什文那篇短小的、只有一行字的美文《花溪》来了：

“在那些春水奔腾过的地方，如今到处是鲜花的洪流。”

兰花坪的怀念

五百里井冈是一座花山。罗霄山脉四面的高山阻挡着寒流，使得坐落在罗霄山脉中段的井冈山，一年四季气候温和、雨量充沛。亚热带和温带的花木，都能在这里长得郁郁葱葱，四时不凋。

人问井冈山什么花最多，答曰“杜鹃”。

但在茨坪东南面的一个山谷小盆地兰花坪，比杜鹃花更多更美的却是兰花——一种高洁、典雅和素净无瑕的花卉。

这里的人们更喜欢称它们是“井冈兰”。

一位与朱德元帅有过多次接触的老作家骆文先生，在散文

《他的绿色劳动》里，满怀深情地记述和描写了朱老总对兰花的喜爱："朱总爱兰花叶子气秀。有如含着革质又非革质的东西，虽在山林水泽它劲直的品格却不变不移。"

这位着尽了征衣的大地的儿子，朴实厚道得像农民一样的革命家和开国元勋，面对一盆草兰和建兰，心中竟有那样的灵性和耐心。秋风之后，冬至之前，找个星期天，他会穿着军便服，坐在自制的小凳上，戴上老花镜，用拿了一辈子大枪的手，拿起小小花剪或竹刀，小心翼翼地为自己业余种植的一盆盆兰花剪叶、换土，就像一个小学生坐在阳光下，一本一本地摆弄着自己心爱的作业本一样。

爱兰，是朱老总一生中一个小小的细节。

那么，朱老总是从什么时候起爱上了兰花的呢？

在井冈山，在兰花坪，我似乎找到了答案。我听见当地的老表唱的一首山歌："朱军长挑来湘江水，浇得井冈兰花放。最是兰花盛开时，犹记当年巾帼将。"

与此同时，我还听到了乡亲们流传着的一个美谈：当年朱军长引种的兰花，香飘湘赣边界八百里……

井冈兰，风雨中生长，冰霜里开花，白中透黄，花心恰如最光洁无瑕的象牙。

井冈兰，是一种品质，一种精神；是一种象征，一种揭示。

用老作家骆文先生的话说："静穆中的喜悦，气爽神清的氛围就好比自然本身一样。"

1962 年 3 月，朱老总拄着拐杖重上井冈山时，特意来到兰花坪看望兰花。离开兰花坪时，他又亲手采挖了一株"井冈兰"，连同井冈山的几抔红色土壤，带回了中南海去栽种……

如今踏上兰花坪，春兰、夏兰、秋兰和冬兰竞相开放，兰香袭人。花在人去，天地苍茫，英雄千古留芬芳。兰花坪啊，永远在怀念那位爱兰和惜花的老人。

于都河上的月光

原本打算在 10 月 16 日——1934 年中国工农红军所进行的人类历史上最伟大、最壮烈的长征正式开始的那一天赶到于都的。可是，因为路上不断出现意外的状况，我们所搭乘的江西省杂技团的那部"大篷车"，总是走走停停，由南昌而丰城，沿丰城下吉安，半夜又抛锚在了三面环水的赣州城……这样，当我们背着沉重的背包，终于赶到波光潋滟的于都河时，当年那支穿着灰布军装的年轻队伍，那一队队顶着红五星、背着圆形斗笠、打着高高绑腿的青年男女，早已跨过于都河上的浮桥，从河对岸匆匆地向西走远了——向着伟大的革命所召唤和期待的方向，走得很远很远了……

也就是说，为了追赶这支队伍，半个多世纪之外，我们又整整迟到了 3 天。

当我们来到“长征第一渡”——于都河的渡口时，月亮已经升起来了。月亮还是 1934 年的那轮月亮，河面依然平静得没有一丝声响，两岸的青山默默无语，田野上笼着轻柔的白烟……

但是，渐渐地，我们仿佛听到了从静谧的月夜下传来的“嘚嘚”马蹄声，仿佛听到了那愈来愈清晰的行军的脚步声——那么急促和迅疾，又那么坚实有力，宛若不可阻挡的铁流，滚滚向前……

明亮的月光下，我们还仿佛看到了一张张青年男女的美丽面庞，那么年轻、纯朴和坚毅……

历史啊，总是艰难地解答着一个又一个新的课题而步步向前的。1934 年，40 多岁的湖南人毛泽东，这位从小小韶山冲走出来的乡村青年，双颊深陷而憔悴消瘦。他是否已经想到了，他和他的战友们、伙伴们所率领的这支队伍正在开始的，将不仅仅是一次一般意义上的行军，也不仅仅是一次迫不得已的战略转移，还是正在奏响一曲将为整个人类带去希望和影响，象征着人类顽强精神和伟大意志的最壮丽的战歌！是正在谱写一部震惊整个世界而气贯长虹的，关于生存、勇气、力量、正义、信念和真理的，最悲壮、最惊心动魄的史诗！

满目苦难而又遍地风流。一己的死亡或者幸存，一时的失败或者胜利，似乎都无关紧要了。重要的是，无论是年轻的还是年老的，也无论是血气方刚的男子还是正怀身孕的母亲，他们坚定地出发了……

没有眼泪，没有屈服，甚至来不及道别。

他们义无反顾，他们前仆后继，他们勇往直前！

哈里森·索尔兹伯里在《长征：前所未闻的故事》中写下了两个数字——也许不是那么精确，但也足以让我们看到了红军长征的悲壮程度。仅仅以红一方面军为例，1934 年 10 月 16 日，一方面军踏上征途出发时，约有 8.6 万名男女战士；1 年后的 1935 年 10 月 19 日，大约只剩下 6 千人到达了陕北。

索尔兹伯里，这位 1908 年出生的美国作家，这位经过了二次世界大战炮火洗礼的充满正义感的著名记者，在他的书中由衷地写道："本世纪（20 世纪）中没有什么比长征更令人神往和更为深远地影响世界前途的事件了。"对于长征，"任何比拟都是不恰当的。长征是举世无双的……"

此刻，我们站在索尔兹伯里采访过的地方。隐约的山影，浅浅的河床，静静的浮桥，淡淡的月光……它们仿佛都是一段伟大历史的最好的见证。它们都是有生命、有感情的"活"的见证。

它们都在向我们——向我们每一个后来者，诉说着曾经的那些苦难、悲壮的日日夜夜……

于都唢呐声

于都，是中国工农红军二万五千里长征的出发地。当时，中国大地上没有第二个县城能像于都那样，聚集着那么多的共产党人、革命者和红军官兵。

江西省革命烈士纪念堂里陈列着约25万个烈士的名字，于都籍的烈士最多。烈士多的地方，寡妇就多；寡妇多的地方，孝子也多。于都原本是块物华天宝、人杰地灵的好地方，一位老革命家说过：当革命选中了于都，于都的乡亲们跟着受苦了！

如同黄土高原上的人们喜欢用信天游、秧歌、腰鼓来表达他们一代代人的喜怒哀乐一样，在于都，一支支唢呐在手，也能淋漓尽致地倾吐出老区的寡母和孝子心中的七音六律与悲欢离合，还有赣南群山之上的风、雨、雷、电……

于都是个“弹棉被、打铁补锅、吹唢呐”三出名的地方，而且在2000多年前，唢呐便“举于道路，往来人家，更阑不歇”。我们今天漫游在于都县城内外，耳闻目睹，也是如此。

无论是远烟笼湾树，还是陌上行人去，总能听到声声唢呐乐曲绕于耳际，或激昂嘹亮，响遏行云；或饱满圆润，板眼分明；或委婉幽怨，如泣如诉。驻足倾听，意态悠远；寻声趋前，扑朔迷离……

《将军下马》慷慨悲壮，《百凤朝阳》热烈明快，《十送红军》情意绵绵，《千堂花》和《结心草》凄凉哀婉……

于都人吹奏唢呐的场景蔚为大观。于都县为纪念中国工农红军长征胜利50周年，曾调集了4个乡的数百位唢呐手，来到当年长征的集结地和出发点，齐奏《十送红军》和《社会主义好》。当天，于都城乡万人空巷、山河沸腾！其情其景，至今让于都人难以忘怀，引以为豪。

于都唢呐已经植根在当地千家万户之中，有兄弟唢呐、姐妹唢呐、师徒唢呐、父子唢呐、母女唢呐之说。其中闻名遐迩的是禾丰乡金翁村一位70多岁的刘金端老人，他们祖孙三代都会吹唢呐，人称“祖孙唢呐”。

有朋自远方来，老人忙得“不亦乐乎”！寒暄之后，祖孙三人已经各持一支锃亮的唢呐，端坐在一条长板凳上了。顷刻，一支清扬欢快的曲子，便回响在三山五岭之间。吹者神情自得，听者如坐春风。曲毕，铮铮余音响遏行云，久久萦绕在耳畔。

远客趋身向前，询问吹奏的是什么曲子。老人答曰：“山野小曲，《步步登高》，敬祝各位远客前途发达！”小院里顿时谈笑风生。

一曲终了，意犹未尽。我们请老人再奏一曲。老人轻拂银须，不慌不忙，说声“见笑煞咯”，便凝神屏气，祖孙三人又齐奏了一曲《江西是个好地方》。音色高亢，宛若天籁。

座中一位音乐家说：“此曲只应天上有，人间能得几回闻。”我却悄然无语，仿佛还没走出曲中境界。

我的脑海里盘旋着这样一个问题：我们这个虽然历尽艰辛和苦难，却能生生不息、不断浴火重生的伟大民族啊，我们的生存之谜、奋斗之谜、发展之谜、腾飞和复兴之谜，是否正隐藏在这曲折委婉、千变万化的声色音律之中呢？

是这样吗？在心里，我一遍遍地问那默默无语的赣南的青山。

火把照耀过的红色小镇

斗转星移，柳色秋风。长相忆，在龙港！

有一个动人的场景，不时地在我脑海里浮现——

电闪雷鸣之夜。茫茫的幕阜山群蜿蜒无边，电光不时映照出天边巍峨的山影和丛林。透过沉沉夜色，一支年轻的红军队伍，在崇山峻岭间匆匆赶路。他们有的戴着斗笠，有的披着蓑衣，大多数人的单薄军衣已经由灰色褪成了白色。大雨滂沱，一双双穿着草鞋的脚踩过红土地上的泥泞。后面的战士紧踏着前面的战士的脚步，默默无声地前进。有人满脸泪水和雨水，抱来被雨水湿透的白荻，覆盖住倒在路边的战友的遗体，在雷雨中匆匆地敬礼告别，雨水、汗水、泪水交流在一起。闪电映照出一张张年轻而坚定的脸庞，映照着他们八角帽上的闪闪红星……

这是发生在90多年前的一幕。1929年秋天，苦久不雨的鄂南山区，连日来暴雨如注，有若翻江倒海一般。这也是中国革命历史上的一个多事之秋。这一年，震惊中外的蒋桂军阀战争爆发。十月间，以彭德怀为军长的红五军，派出由纵队长李灿和党代表何长工率领的红五军第五纵队为先头部队，毅然挺进幕阜山区，开辟了鄂东南革命根据地，使湘赣苏区和鄂东南苏区南起井冈山、北抵长江连成了一片。翌年五月，32 岁的彭德怀，率领他的转战湘鄂赣边区多年的红五军主力，宛如不可阻挡的铁流，也开进了鄂东南苏区的中心、地处鄂赣交界两省的要塞小镇龙港。

革命，就是这样响应着人民和时代的呼唤，肩负着一个个艰辛的使命，一步步在风雨中向前挺进。龙港这个偏僻而陌生的小镇，从此便同整个中国革命事业的命运紧紧地连在一起，成为当时湘鄂赣边区鄂东南苏区的政治、军事、经济和文化的中心，被誉为中国土地革命时期的“小莫斯科”。

那时候，中国大地上也许还没有几个镇子能像龙港那样，聚集着那么多的共产党人和红军将士。他们的祖辈倒下了，父辈又紧紧跟上；父辈倒下了，又站立起了孙子这一代。风风雨雨，情怀不改，痴心不变。中国革命，也是被我们的人民用铁骨铮铮的肩膀和永不屈服的脊梁背负着，一步步走向它的明天。

斗转星移，柳色秋风。长相忆，在龙港！

翻开《彭德怀自述》一书，我看到了这位出身农家、毕生铁马冰河、着尽征衣的共和国开国元勋，对 1930 年夏天的回忆：

“……进至阳新县龙燕区，该地群众对红军的热爱，比平江群众有过之而无不及。外地红军到达该区，均不愿离开。群众对伤病人员之照顾，真是无微不至。沿途欢迎红军之口号声、歌声、锣鼓声，响彻云霄。当年天旱，苦久不雨。可是红军路过，茶水满布，宿营用水煮饭，亦不感困难。妇女老小，人手一扇，站立道侧，替红军扇凉。到宿营地时，房屋打扫得干干净净，开好铺，他们自己露宿，决不让红军露营。在营地终日歌声、口号声不绝于耳。不间断地宣传鼓动，对敌军一层又一层地警戒，封锁消息，保护红军。粮食缺乏，农民将自己仅有的一点粮食，薯丝、玉米、稻米，自动送到各部门首，倒在桶里就走了……”

重读这段凝结着一位开国老帅充满感激之情的文字，我感到，这是英雄的龙港父老用自己的实际行动，在中国革命的史诗中写下的一阕无言的华章。鄂南的酷暑是有名的，当地百姓却妇女老幼人手一扇，站在路边为红军队伍执扇扇凉！这岂是一般意义的鱼水情谊！相比之下，孟子所称道的“箪食壶浆，以迎王师”的景象，显得何其遥远了。

在龙港镇老街的一条深巷里，我走进一间古旧的房子。这是当年彭军长进驻龙港时的起居室和办公室。一盏马灯，一张简易地图，一双草鞋，一架简朴的木床，加上一颗赤诚的丹心，这位要饭、打柴出身的革命家，在这里度过了他一生中最难忘的一段岁月。

20 世纪初叶的中华大地，外有帝国列强欺凌，内有大小军阀混战；政府腐败无能，百姓生灵涂炭。当山河破碎、天低吴楚之时，有多少热血澎湃的青年，忍受着民族救赎与自救的煎熬，在漫漫长夜里“目眇眇兮愁予”；又有多少从黑暗中觉醒的仁人志士，肩负起救国救民于水火的宏图大业，“起看星斗正阑干”。1925 年年底，龙港人民的优秀儿子肖作舟，带着共产党的指示，从武昌甲等工程学校回到故乡，秘密串联，在龙港这片地火奔突的山乡，播撒了第一颗革命火种。不久，全县第一个党支部在龙港宣告成立，成员有肖作舟、张召红等人。紧接着，龙港第一个农民协会也秘密成立。龙港地区党的早期组织者和领导者之一的张召红，当地人称“麻子红”，当选了第一届农协主席。从此，这个苦大仇深的农民之子的生命，便和共产党、和龙港的革命事业紧紧地连在了一起，直到英勇就义的那一天。

在茅草茂密的南山垄山谷间，我们看到了当年党组织召开秘密会议的一个山洞。洞壁上，煤油灯熏黑的痕迹历历可见。领我们进入这个山洞的，是曾经担任过龙燕区苏维埃主席的刘南川烈士的儿子刘正烽老人。当年他还是个小孩子，曾多次借打猪草、砍柴为掩护，为藏在山洞中的亲人们送饭送水。他告诉我，他这一生，最牵挂的就是这个山洞，通向这个山洞的好几条秘密小道，都是他今生今世永远不能忘记的。他熟悉山道上的每一块石头、每一股泉水、每一棵树桩。是啊，谁能够想到，影响着龙港历史的一个开天辟地的武装暴动计划，是在这样一个简陋的、茅草深掩的山洞里形成的。

农民暴动的枪声震彻了古老的山坳，也唤醒了幕阜山区千百万如沉默的火山一般的劳苦大众。他们追随着鲜红的“铁锤镰刀犁头旗”，追随着那些革命者，在百谷通源、千溪分注的崇山峻岭之间，奋斗、抗争、寻找、转战。他们本来就是一群被苦难所奴役的无产者，现在他们失去的只是镣铐和锁链。响应着一个开天辟地的号令，他们毅然拿起了梭镖和红缨枪，把生命拴在自己的裤腰带上，一个个前仆后继而不屈不挠，最终在血与火的山岭间踏出了一条武装割据的道路。热血与烈火，映红了幕阜山漫山遍野的杜鹃花……

告密与屠杀，封山与搜捕，石头过刀、草木过火的白色恐怖，吓不倒坚强的共产党人，也削弱不了劳苦大众对共产党的拥戴。威武不屈的龙港人民，就像金竹岭上的楠竹和金竹一样，百折不弯，坚韧不拔。先烈们用生命之火点燃的革命火把，已经燃遍了整个山乡。经受了大革命锻炼的龙港父老乡亲们，以强大的信念等待着，呼唤和憧憬着新的革命高潮的到来。

红五军到来后，龙港人民以全部的热情和力量，投入到拥军扩红之中。母送子，妻送郎，细妹送细哥，送自己的亲人参加红军，成了当时龙港人最大的自豪。妇女们组成了一支支洗衣队、唱歌队、护理队，“红孩子”们肩扛红缨枪，守护着山头的“消息树”，鲜红的大旗下也飘扬着一杆杆少先队和儿童团的旗帜。

彭杨学校是彭德怀在龙港亲自创建的军政干部学校。简陋的教室里，培养出了最单纯、最无私的人；低矮的茅屋下，孕育出了最崇高、最远大的理想。意志比钻石还坚硬，信念像金子般闪亮，每一颗心都听从着一个召唤，无论是为了胜利，还是去面对死亡。当时，这个红色小镇上还流传着这样一首歌谣：“当年小小莫斯科，谱出南天正气歌。多少英雄遗爱在，人间正道栋梁多。”

当时，龙港的乡亲们倾尽自己全部的深情和力量支援着红军、支援着革命，他们帮助红五军建立起一所后方医院、一所残疾军人医院，还有一所中医院。多少人爬山过涧去采来草药，救治受伤的红军战士们。然而，战争是残酷的，艰苦的环境和条件，也使多少年轻的伤兵员失去了最后站起来的机会。于是，伴随着这一座座医院旧址遗留下来的，便是一片片掩埋着红五军战士和赤卫队员们忠骨的墓地：白岭烈士墓群，骆家梁烈士墓群，鹅塘堰烈士墓群，岩泉烈士墓群……一片又一片被岁月的荒草掩盖了的墓群告诉我们，将近3000名红军战士的英灵，默默地躺在这里，除了少数几块小小的残存的石碑能告诉我们那些长眠者的名字和身份，其余的连他们的名字和籍贯都无从知道了。鄂南的阳新县被人称为“烈士县”，单看留在龙港大地上的一片片烈士墓群，便能感到“烈士县”这个称号的重量。当先烈们的尸骨化成了红色的泥土，我们轻轻走过这片土地，出现在我们面前的，却只有一片片白茫茫的荻花，在强劲的朔风中萧瑟摇曳；一簇簇洁白的山茶花，在墓丘之旁向我们点头致意，宛若先烈们不死的英魂，在祝福着我们这些幸福地活在今天的人！

在骆家梁，我们听说了一位老婆婆的故事。当她的红军丈夫躺倒在这里时，她还是一个不到 20 岁的小媳妇。从那时起，她便年年守护着这片墓地，年年清明带着孩子前来祭扫，在每一个坟头上撒下纸钱，插上纸幡。秋去春来，风风雨雨，一群世界上最好的人，永远地活在她善良的心上。我们的人民用自己的心灵，用深厚的泥土，庇护着这些曾经浴血奋战的先烈的忠魂。没有高大的纪念碑，没有辉煌的墓志铭，人民就用不尽的哀思和怀念的深情建造起一座座“非人工的纪念碑”，矗立在龙港一代又一代人的记忆里。

1934 年春天，在第二次全国工农代表大会上，毛泽东曾表扬说：“湘鄂赣边区阳新县的一些地方……那里的同志们都有进步的工作，同样值得我们大家称赞！”那真是光明的时期，那又是黑暗的时期；是希望的春天，又是失望的冬天；他们拥有一切，在他们的前面，他们又一无所有，在他们的前面。当时无论是哪一级的干部，无一例外都是一双麻鞋、一顶斗笠、一件蓑衣、一盏风灯，或者一支松明子……高山急流、寒冬酷暑，风里来，雨里去。他们的足迹踏遍了龙港的山山水水，他们把党的温暖、革命的信心和胜利的消息，送进了每一位贫苦工农的心中。他们既是火把的传递者，也是一支支火把。当时乡亲们称赞他们是“不要家、不要钱、不要命”的百姓官，称苏维埃政府是干净、实在的“提包政府”。倒也是呢，自从共产党人来到龙港地区，人们所看到的共产党人，全都是这个样子。

徜徉在今天的龙港镇上，想象着和缅怀着昨天的故事，我想起了卡尔·马克思的那段名言：“如果我们选择了最能为人类福利而劳动的职业，那么，重担就不能把我们压倒，因为这是为大家而献身；那时我们所感到的就不是可怜的、有限的、自私的乐趣，我们的幸福将属于千百万人，我们的事业将默默地，但是永恒发挥作用地存在下去。而面对我们的骨灰，高尚的人们将洒下热泪。”

龙港，你这火把照耀过的红色小镇，请让我向你英雄的土地，向你鲜血染过的山冈与河滩，向你旗帜飘展过的老街与深巷，向你迎送过红军队伍的每一条山道、每一个小村……献上最崇高的敬意！

湘江边的渔火

*

这一星渔火，无疑给他带来了无限的力量和希望……

这是发生在过去的战争年月里的一个故事。讲起来，已经很遥远了……是的，是那么的遥远了！

那是 1930 年夏季的某一天。一场攻城战打得十分残酷。一位年轻的红军指挥员，率领着一队转战多年的红军战士，从中午一直打到第二天拂晓时分，终于占领了他从童年和少年时起就一直梦想过的城市——长沙城。

战争结束后的当天，他就去了离长沙城不远的湘江畔的易家湾一带。他要去那里寻找 10 多年前曾经搭救过他的两位恩人——一对没有留下姓名的艄公父女……

多年前的一个深秋，他在湘军当兵时，派人处决了一个在当地仗势欺压贫苦百姓、横行乡里多年的恶霸。这个恶霸有个哥哥，是督军里的少将参议。事情被人告发了，他们逮捕了这个年轻而正直的农家弟子，要把他押往长沙城。

走到离长沙不远的捞刀河畔，在一棵古老的苦楝树下，几个押解他的士兵坐下来等待渡船。

这时候，一个年轻的士兵紧靠着他坐下，偷偷地为他解开了手上的绳子，又用手重重地在他背上按了按，示意他赶紧逃走。

当渡船过来，他瞅准机会，对押解排长说："弟兄们，我衣裳口袋里还有几十块钱，你们拿去分了吧，不要便宜了那些看管监狱的豺狼。"等排长满脸疑惑地上前拿钱时，他趁机纵身跃上河岸，飞跑而去。那几个原本都是穷苦人家出身的士兵，只是胡乱地朝天放了几枪，就算了事……

多年之后，他已经成为中国工农红军的将领。"那几十块钱，成了我的'买命钱'！谢谢他们，尤其是那个不知道名字的青年士兵。"此时此刻，将军站在当年脱险的地方，回想着当时的情景……

那天，他跳上岸后，一口气跑了二三十里路。

险已经脱了，天也黑下来了，四周空旷无边。

他疲惫地仰身躺在一块避风的田垄上，嘴里咀嚼着一根苦涩的草茎，仿佛在品尝着人生艰涩的滋味。

肚肠饥乏，身无分文。往后的道路该往哪里走呢？

望着茫茫的夜空，望着天上偶尔闪过的星星，他想起了儿时唱过的一首歌谣："天地转，日月光，问君往何方？……"

唉！人生虽然险恶，黑夜虽然漫长，可是，天地之大，岂无容身之处吗？于是，念头一转，劲又上来了。

半夜时分，他来到了易家湾一带的湘江边。

透过薄薄的夜雾，他望见了江边的一点微弱的渔火和一只飘摇的小船。他的眼睛一亮！这一星渔火，无疑给他带来了无限的力量和希望……

从此以后，他再也没有忘记这个不寻常的夜晚。甚至在几十年后，他仍然还会常常想起闪烁在湘江边的这一星温暖的渔火和这个夜晚……

是的，他清晰地记得那一夜的每一个细节。

茫茫夜半的江畔上，一小堆橘黄色的篝火边，坐着一位闷头抽烟的老爹爹。吊锅里煮着沸腾的江水。火堆边，还有一位俊秀的渔家细妹子，正在补缀着渔网。

细妹子听见了脚步声，就站起身说："阿爸，好像有人走过来了。"

老爹爹抬脸望去的时候，这个满脸汗水的年轻人，已经站在这一对艄公父女面前深深地鞠躬了："打搅了！有劳老人家和细妹子行个方便……"

老人端详着半夜里突然出现的年轻人，说："不知先生为何半夜来到这里？你这是从哪里来，又要往何处去啊？"

年轻人回答说："惭愧了！老人家，我不是什么先生，和老人家、细妹子一样，我也是一个穷苦的种田人和放牛人，为穷苦人做事的。"

突然，细妹子看见他的脚踝上正在流血，惊叫了一声："哎呀，先生受伤了，我来给你敷一点药……"

年轻人满怀感激地看着这个陌生而善良的细妹子，小心翼翼地为自己包扎着伤口。细妹子轻轻地为他敷上了创伤药，缠上了布条。

一种强烈的温暖与感激的深情，一下子涌上他的全身。

这时，老人又默默地端过来一碗热水。他双手颤抖地接了过来。轻易不会流泪的七尺男儿，此刻却被这人间的真情感动着，大颗大颗的热泪，无声地滚落在水碗里。

他捧着碗一饮而尽。喝完水，他感到羞愧难当，只好如实说来："老人家，我得渡过湘江到对岸去，可又身无分文……"

饱经风霜的老艄公，大半生中风里来雨里去，什么事情没有见过呢！他提起一盏风灯，说道："上船来！是不是自家人，我老倌一眼看得明白！"

这时候，细妹子包了一些干粮，塞到了他的手上，说："先生是要走远路的人呢，路上多有虎狼，要多多保重呀！"

一双善良的、似有期待的眼睛，默默地望着他转过身去……

桨声欸乃。小船在沉沉的黑夜里驶进了湘江。

一盏昏黄的风灯，照着茫茫的江面，照着老爹爹花白的胡须和饱经风霜的脸膛。

小船抵达对岸，年轻人无以回报，便脱下身上唯一的一件汗衫，要送给老艄公：“老人家，晚辈没有什么可奉送，留下做个纪念吧。”

老艄公哪里肯要，只对年轻人这么说道：“老倌我看得出来，先生是要行远路、干大事的人，需要它去抵挡些风寒。何时再转到这易家湾，只要我老倌还活着，我还为你在这湘江上摇船摆渡。天快亮了！你往前去吧，一定要过细些咯！”

小船掉头驶回了夜色中。橘黄色的风灯渐渐消失在湘江的夜雾里……

空旷的江岸上，茫茫的星月下，这个在家乡砍过柴、拖过毛竹也放过牛的年轻人，噙着热泪，一下子跪在了茫茫的湘江边，跪在那黑夜沉沉的大地上……

“恩人哪！今生今世，让我怎么能忘记你们啊！”

10多年后，将军又一次眼含泪水，站在这滔滔的湘江边上。他默默地在心里呼唤着：“老人家，细妹子，你们都在哪里啊？”

是啊，多么好的人民啊！此刻，将军抬起湿润的目光，再一次望向滚滚的湘江。他多么想再看看那只飘摇在湘江上的小木船，看看那对善良的艄公父女，还有那堆温暖的篝火，那盏闪亮在黑夜里的橘黄色的风灯……

几位跟随着他转战了多年的战士，陪着他站在湘江边上，看着他对着滚滚湘江，深深地鞠了一躬。

然后，他转过身，带领着他的战士，在茫茫黑夜的大地上，向着革命所召唤和期待的方向，继续奔去。

苍松翠柏家国梦

*

这座塑像，可以说是凝聚着两代人的家国之梦。

一提到中国著名花腔女高音歌唱家、声乐教育家周小燕女士的名字，许多读者可能耳熟能详，但是说到她的父亲周苍柏先生，我们也许就比较陌生了。

周苍柏（1888—1970）是中国现代著名银行家、金融家，也是一位德高望重的爱国民主人士。周苍柏一家早年在武汉生活过一段时期，他的故居，位于今天的汉口黎黄陂路上，名为“黄陂村”五号和六号的两个小院落。当地老居民称其为“周公馆”。不过，要寻访周苍柏故居，我们得先从周家的私家园林“海光农圃”说起。

我在武汉东湖边居住了20多年，几乎每天黄昏时分，都会去湖畔散散步、看看湖水。要说东湖最美的地方，在我看来，既不在游人熙攘的长天楼、行吟阁附近，也不在磨山脚下那片仿古的“楚城”周边，而是在古木森森、芳草萋萋的“海光农圃”

一带。而海光农圃的最佳去处，又在幽静的“苍柏园”里。

苍柏园，是为纪念武汉东湖景区和“海光农圃”的创建者周苍柏而兴建的一处小园林。这里原本就是海光农圃的一部分。沿着湖边一条两旁长着高大的悬铃木的林荫道往南，可见海光农圃的高大牌坊。“海光农圃”四个字，系周苍柏的父亲周韵宣先生所书。走到尽头，就是苍柏园的小牌坊。进了小牌坊，拾级而上，可见几株足有环抱之粗的香樟树，古树的幽香会引导着你踏入一块平坦的芳草地，芳草地中央矗立着一座三人青铜塑像，那是周苍柏先生和他的长女周小燕，还有他的儿子周德佑，一位在中学念书时就秘密加入了中国共产党，年仅 18 岁就在抗日宣传前线不幸染病逝世的小提琴手。

这座塑像，是根据周苍柏 1937 年携儿子、女儿在东湖畔拍下的一帧照片创作的。这是我所见过的最美和最令人感动的塑像之一。亲情怡怡的两代人，却在 20 世纪 30 年代国难当头、山河破碎之际，毅然舍弃家园，共赴了国难。当时，周苍柏几乎倾尽全部家产，甚至捐出了准备送儿子去欧洲留学的钱资，援助了正在汉口领导着全民抗日救国事业的共产党人，并与周恩来、董必武等人结下了深笃的友情。

1949 年 10 月，周先生去北平参加了新中国的开国大典，一回到武汉，他就把位于东湖西北岸边的、周氏家族培植和修整了数十年的私家园林“海光农圃”捐赠给了新中国的人民政府，更名为“东湖公园”，也就是今天的东湖风景区前身，周先生因此也被后来人尊称为“东湖之父”。这座塑像，可以说是凝聚着两代人的家国之梦。两代人用共同的赤子情怀，谱写了一曲气冲霄汉、响遏流云的爱国乐章。

与塑像毗邻的，是周苍柏母亲的一块小墓地。这是周先生当年亲自为慈母选定的墓地。他亲手栽植的七棵丹桂，环绕着母亲朴素的墓地。如今，一到秋天，桂花盛开，散发着浓郁的芬芳，仿佛是慈母默默的馨香，日夜伴随在后辈们身旁。

墓地右侧有几丛翠绿的慈竹，掩映着一个小院门。进入院门，顿觉豁然开朗：两座古色古香的、有着雕梁飞檐和朱墙碧瓦的古典式屋宇，坐落在幽静和雅致的小院里。院子里栽种着高大的桂树和玉兰树，清澈的小潭里摇动着几株红荷，小小的、曲折的廊桥，连通着两座安静的屋宇。这里就是“周苍柏纪念室”，室里收藏着周先生当年穿过的大衣、弹过的钢琴、读过的书籍等。虽然陈设简单，却显得特别肃静、温馨和雅致。六七十年前的老器物，都在默默地见证和诉说着周先生和他的家人从前的故事……

周先生生于清光绪十四年（1888 年），其祖上由江西乐平迁至湖北武昌，先是在武昌大堤口开设“周天顺炉房”，后来搬到汉阳双街弹夹巷，改“周天顺”为“周恒顺”，经营机器制造业。这是武汉机器制造业的鼻祖。到周先生的父亲周韵宣这一代时，周家又涉足商界。周韵宣在汉口龙王庙开设了“鼎孚行”，成为当时闻名遐迩的实业家和资本家。

殷实的家境，使周苍柏从小就受到了良好的教育。他是武昌县华林文华书院早期学子之一。在这所由美国基督教圣公会创办的高等学府里，他接受了人文主义和神学的启蒙。民国初年，他从文华书院转入上海南洋公学（今天的上海交通大学前身）。这是他由文科迈向理工和商科的一个转折点。读完南洋公学之后，他远赴美国纽约大学留学。1917 年学成归国回到上海，正式进入了金融界，曾任上海银行总行会计，不久就回到了故乡汉口，担任上海银行汉口分行经理。1926 年开始任上海商业储蓄银行汉口分行行长。

周先生是在 1919 年回到汉口的，这时候他的长女小燕已满 2 周岁。他在汉口黎黄陂路置备了两座院落，作为全家人居住的公馆。黎黄陂路，是以曾任中华民国总统的黎元洪的名字命名的一条老街道，因黎元洪是湖北黄陂人，人称“黎黄陂”。黎黄陂路这一带过去属于俄租界，也是汉口开埠之后最繁华的街道之一。

这条路上有许多百年老房子。靠近“美国海军青年会”那栋法式老建筑，有一条僻静的小巷，一拐进短短的小巷，你会发现这里别有洞天：三个古老的小院落一字排开，每个小院落都连着一座漂亮的小洋楼。这里的门牌为“黄陂村五号”和“黄陂村六号”，其中六号有两个院落。当地老居民都知道，这三栋小楼都属于“周公馆”。小楼都是一色的青砖墙面、方尖形四脊瓦顶，阁楼上开着俗称的“老虎窗”，还有宽大的拱券门通往露台，露台上搭盖着红瓦顶。院子里有香樟树和梧桐树，使古旧的小楼显得十分优雅和幽静。

当年，周苍柏先生白天去离此不远的江汉路上、他所供职的上海银行汉口分行大楼上班，晚上就回到公馆里，和夫人董燕梁及孩子们待在一起，一家人亲情怡怡、其乐融融。周家的外地亲友来汉口，一般也在周公馆里下榻。那时候，汉口是座繁华大城，夜夜笙歌杂闻、舞影婆娑。可是，周先生洁身自好，一直保持着晚间绝不外出参加交际应酬的生活习惯，把更多的时间留给了家人。这在当时就被汉口上层交际界传为美谈。

1938 年不仅是武汉这座大城的一个难忘的年份，也是周苍柏先生蒙受了深重的家国之痛的一年。这年春天，他的次子德佑，一位卓有才华的小提琴手，随“拓荒剧团”到鄂西北山区开展抗日宣传活动时染上恶疾，不治而逝，年仅 18 岁。这年 8 月，武汉沦陷。刚刚经历丧子之痛的周苍柏，只好把长女小燕、长子天佑送往异国他乡巴黎去学习音乐。山河破碎，亲人离散；故园有情，夕阳无语。周苍柏送走一双儿女后，便忍痛收拾行装，和夫人一道离开了日寇铁蹄践踏下的汉口，买棹西去重庆，一去就是漫长的8年。这期间，他的长子周天佑在1940年也不幸病亡于战火纷飞中的欧洲。

新中国成立后，周先生一家得以团聚，他和夫人、女儿迁居外地。留在汉口的公馆，则捐赠给了地方政府，先是做了武汉驻军某部的干部宿舍，后来又几经辗转，早已物是人非。

现在，这座老公馆的产权已经分属当地的几户人家了。所幸的是，这座老公馆并没有在历年的旧城改造中遭到拆毁，有关部门还在院门一侧钉上了刻着“周苍柏公馆，武汉市历史保护建筑”字样的铜牌。这让我想到了罗斯金的《建筑的七盏明灯》里的一句话：“毫无疑问，那些带有历史传说或记录着真实事件的老屋旧宅，比所有富丽堂皇但却毫无意义的宅第更有保护和考察的价值。”

“霭霭芳园谁氏家，朱门横锁夕阳斜。”时代变幻的风雨和人事代谢的沧桑，无情地涤荡过一座座曾经繁华的深门大宅。高悬的月亮，虽然还是过往岁月的那一轮，但弦歌消逝，华筵已散。大树依然在，老屋已无言，多少楼台水榭，都隐入了旧时光的苍茫烟雨之中，所谓“风流总被雨打风吹去”。

1970 年 2 月，一个寒冷的大雪天里，一代爱国名人和银行巨子周苍柏先生在北京逝世，享年 82 岁。斯人远矣，但是，体现在周先生和他的儿女们身上的民族大义与家国之梦，却永不泯灭，将与“海光农圃”和“苍柏园”边苍翠明丽的湖光山色同在。

洪湖畅想曲

人人都说天堂美，怎比我洪湖鱼米乡。

从农历端午开始，生活在江汉平原上的千家万户，谁家饭桌上会少了洪湖的咸鸭蛋、皮蛋和新鲜藕带？洪湖是荆楚大地上有名的鱼米之乡，也盛产莲藕和莲子。每年夏至一过，一望无际的藕田，满湖满塘的荷花，会把这片水土装点得分外妖娆。从外地来的朋友，如果想领略一下“千湖之省”夏日里风吹稻花、万荷竞秀的风姿，无须去别处欣赏，到洪湖来就是了。

洪湖更是一块浸透了红色记忆的土地。土地革命时期，贺龙领导的红二军团与洪湖地区苏维埃政权一道，在千里湖墩、港汊和苇林间浴血奋斗，狠狠打击了国民党反动派和当地湖霸的嚣张气焰，保卫了湖区人民的胜利果实。

“洪湖水呀浪呀么浪打浪，洪湖岸边是呀么是家乡……”60多年前，一曲优美动听的《洪湖水浪打浪》，把洪湖赤卫队的英雄故事唱遍了全中国，也把洪湖的乡土之美深深刻入了中国人的集体记忆："清早船儿去呀去撒网，晚上回来鱼满舱，四处野鸭和菱藕，秋收满畈稻谷香，人人都说天堂美，怎比我洪湖鱼米乡。"我还记得，小时候生活在北方的小山村里，过年时贴出的年画里，有一套画的就是洪湖赤卫队的故事。这算是我对洪湖最早的印象。

初夏时节，我又一次来到洪湖瞿家湾镇。前几年，因为寻访长江白鳍豚科考队的足迹，采写长江江豚保护的故事，我数次到过洪湖、监利、石首以及对岸的洞庭湖一带。有不少亲历的故事，我已写进了长篇小说《追寻》里。然而，一部《追寻》盛不下我对洪湖这片热土的全部眷恋与崇敬。尤其是贺龙等老一辈革命家率领的红二军团，以及洪湖赤卫队的红色传奇故事，我一直想写，却迟迟未敢动笔。

在我看来，瞿家湾称得上是洪湖红色记忆的"脉"与"魂"。当年，湘鄂西革命根据地首府就坐落在瞿家湾老街上。老街也叫"红军街"，贺龙、周逸群、段德昌等革命家率领着红军队伍，在这里播下了革命火种。这里也是赫赫有名的洪湖赤卫队诞生和战斗过的地方。当我踏上老街的青石板路、看到几扇斑驳的老门板的瞬间，《洪湖赤卫队》里的情节便一幕幕浮现在了眼前。

老街两边的旧屋，是清末民初江汉平原小镇上典型的穿斗式结构的建筑样式，单檐硬山，高垛翘脊。徜徉在老街灰色和青色的石板路上，抚摸着一间间饱经沧桑、灰墙玄瓦的老房子，我想到，曾有多少个战斗的黎明和黄昏，在这里匆匆交替；如今，那些血衣、大刀、鱼叉和梭镖，还有红二军团、赤卫队这些名词，都已写入了历史。但是，只要伸手轻轻触摸，仿佛还能感受到，这里的每一堵斑驳的墙壁，都还是灼热的，像火一样滚烫；静下心侧耳倾听，仿佛还能听见年轻的红军战士和无畏的赤卫队员们战斗的呐喊声与胜利的歌声，像军号一样嘹亮。一面面鲜红的、有着镰刀斧头标志的旗帜下，聚集起了齐心协力和无私无畏的一群人；一间间低矮和简陋的老屋里，孕育出了崇高和远大的梦想。他们的意志比钢铁还坚硬，信念像金子一般闪亮。他们一次次擦干热泪和血迹，每一颗心都听从着同一个召唤，跟着共产党、跟着贺龙领导的红军队伍，朝着革命所召唤的地方坚定地奔去……

时光流逝，英雄的湖区儿女们用青春、热血和生命，在这片水土上谱写的滚烫的诗篇，人们不会忘记。湘鄂西根据地和洪湖赤卫队留下的数十处遗迹，散存在瞿家湾老街和沿河街以及附近的墩子和村垮里。多年来，到这里追寻红色记忆、重温党的奋斗故事的党员群众和青少年络绎不绝。我来瞿家湾这天，就巧遇华中师范大学师生们的一次“红色走读”和“快闪”活动。他们还特意邀来了《洪湖赤卫队》里韩英的第四代扮演者、著名歌唱家马娅琴老师，在当年赤卫队员们战斗的“实景”中，共同演唱了一曲《洪湖水浪打浪》。

马娅琴老师不仅是韩英的第四代扮演者，在《洪湖赤卫队》剧组里还饰演过秋菊、小红等角色，在各种场合演唱《洪湖水浪打浪》已达上万次之多。在瞿家湾红军街上，当熟悉的《洪湖水浪打浪》的旋律再次响起，背着短枪、扎着皮带和绑腿、英姿勃勃的“韩英”，右臂上戴着有镰刀斧头标志的红袖标，脚步坚定地走在青石板街上，后面跟随着一群青春洋溢的大学生，他们一起高唱着“共产党的恩情比那东海深，渔民的光景一年更比一年强”，此情此景，似乎一点也没有“违和感”，年青的一代仿佛紧紧跟着“韩书记”，重返战旗猎猎的年月，“喝的是湖中水，吃的是岸边粮。……同志们仍然战斗在你的身旁”。

事后，我看到马娅琴老师在微信朋友圈里写道：无论何时何地，我们的每一场演出都是为了讲好党的奋斗故事，这是需要我们和青年一代共同传承的故事与精神，歌声里也饱含着我们对党对祖国的深情。

在《洪湖赤卫队》里，韩英给战友们这样描述过洪湖的未来：“等全国都插上了红旗，打倒了地主、湖霸，庄稼人都扬眉吐气过日子，畈里用拖拉机耕田，年年五谷丰收；湖上用机器船撒网，天天鱼虾满舱，彭家墩会变得像武昌城一样。”韩英和战友们朴素的愿望、美好的憧憬，在新中国成立后，都一一变成了现实。

除了追寻红色记忆，来到洪湖的人，还少不了要饱尝一下鱼米之乡的各种“湖鲜”。湖鸭、咸鸭蛋、再生稻米、莲藕、莲子、菱角、大闸蟹……这些且先不说，仅以洪湖的新鲜藕带为例吧。北方人大多不识藕带为何物，更少见到挖藕和扯藕带的劳动情景。草木植物之名里，往往蕴含着一方水土的乡愁。洪湖人把藕带叫作“藕苫”或“藕簪”，因为带着嫩尖的白生生的藕带，看上去的确像一支支白玉簪。

老唐是我上次来洪湖时结识的一位藕农。他是瞿家湾桃花村人，现在兄弟两人一起打理着好大一片、大约有十来亩的藕塘，还养了三四个池塘的虾和螃蟹，每年的藕带、莲子、螃蟹和虾的收入，少说也有十几万元，日子过得不赖。老唐告诉我，瞿家湾这边把藕带又叫“藕梢子”或“藕肠子”。这两种叫法虽然有点“俗”，却颇生动形象。

每年五月间，湖塘的水还有点沁凉，荷箭刚刚开始挺出水面，水下和湖泥里的藕带已有一二尺长。急于吃藕带的人，就赶着这个时节，下湖摸藕带、扯藕带了。藕带，就是荷箭还未挺出水面时，生长在淤泥里的嫩茎。扯藕带的人下到湖塘里，顺着荷叶茎子的长势往淤泥里探去，就能摸到藕带。扯藕带是有技巧的，不能生扯硬拉。摸到了藕带，得顺着藕带生长的方向，在藕带接头处掰断，这样扯出水面的藕带又长又嫩，像洁白的玉簪一样，无论生吃、清炒、酸辣炒还是做成泡菜，味道都极清爽可口，是荆楚人家夏日餐桌上必不可少的“湖鲜”之一。老唐说，在洪湖乡下长大的孩子，谁小时候没有下湖摸藕带、踩藕、扯藕带的记忆？贫困的年月里，小小村童肚子饿了、嘴巴渴了，就会凭着一身好水性，潜到湖塘底下，扯来一根根又长又嫩的“藕肠子”，三口两口嚼下肚子，又充饥又解渴。

当然，洪湖人都知道，扯藕带就像竹乡人挖笋子一样，不能过度挖采。每根藕带连着一株荷花，采扯过度就会影响莲藕和莲子的产量，所以，扯藕带也是要讲究时节、有所节制的。现在，专家和藕农们已培植出一种以生产藕带为主的莲藕，采扯期可以延长到立秋时，这也为藕农们带来了可观的收入。藕农们有个说法：每根“藕梢子”都是洪湖人的“金腰带”。

近年，国家正在实施的长江大保护战略，给美丽的洪湖大地和洪湖儿女带来了新的发展机遇。包括富饶的江汉平原在内的长江中下游的平原地区，作为江南“粮仓”，一直起着保障国家粮食安全的“压舱石”作用。随着洪湖综合治理进程的落实和提速，今天的洪湖已不仅是人们心目中的“红色之湖”，还是美丽丰饶的“绿色之湖”和“生态之湖”。

“湖塘里水草多，还有螺蛳、鱼虾这些天生的饲料，螃蟹就吃这些长大。水草还能净化水质，这样养出来的蟹又肥又大，和阳澄湖、梁子湖的大闸蟹，有得一比！”老唐说起自己的螃蟹和虾来，眉飞色舞。这倒也是，“洪湖清水大闸蟹”如今已成当地的支柱产业之一，连续多年获得中国国际农产品交易会金奖；“洪湖清水螃蟹节”也举办了多届，早已闻名遐迩。

“从2020年元旦起，长江就进入10年禁渔期了。”老唐说，“洪湖是红色革命老区，当然不能落后的！眼下，瞿家湾、螺山、滨湖、汉河、沙口，这些靠江的村镇，大约有11万条渔船、近30万名渔民，都告别了‘水上漂’的生活，退渔上岸咯。”老唐对退垸还湖、生态修复、渔民退捕上岸这些政策和名词了如指掌，说起来头头是道。

听了老唐的话，我由衷地感叹：是啊，只有这样做，以千里洪湖为代表的众多湖泊，才能把荆楚大地装点得更加美丽，才能让在这里浴血奋战过的赤卫队憧憬的“四处野鸭和菱藕，秋收满畈稻谷香，人人都说天堂美，怎比我洪湖鱼米乡”的景象，变成世世代代拥有的美好现实！

细雨中的沙湾镇

秀雅的山水，培育出了一代盖世文豪。

诗人郭沫若的长兄，名叫郭橙坞，喜欢画画，也喜欢篆刻。他有一枚闲章，刻着“家在峨眉画里”六个字。郭沫若7岁的时候，就牢牢记住了长兄刻的这句话。在后来漫长的一生中，无论走到哪里，他都为故乡乐山的这方画山绣水感到自豪。

郭沫若故里沙湾镇，位于乐山市西南边，离市区约38公里。这是一个依山傍水的灵秀小镇。小镇背靠着峨眉山第二峰绥山，面朝着滚滚的大渡河，下傍清清的青衣江，还有一条名叫茶溪的小河，蜿蜒穿过小镇，滋育着生活在这里的每一户人家。

为什么叫沙湾呢？原来，波涛汹涌的大渡河从西南边流到绥山脚下，忽然转出了一个大水湾，折向东北方向奔流而去，所以人们就把这里叫沙湾。大渡河与青衣江在沙湾附近汇合后，不舍昼夜，又奔向了辽阔的岷江，乐山市就坐落在三江汇流的近岸。

江水浩荡，生命不息。奔腾的流水，润泽着两岸青翠的草木和繁盛的生命，也赋予生活在这里的一代代儿女更多的灵秀、智慧和梦想。

清朝光绪十八年（1892年）冬月十六日，郭沫若出生在沙湾镇上一座三进式四合院落里。按照当时小镇的生活气象看，这是一个中等偏上的富裕家庭。据说，他的母亲怀上他时，曾梦见过一只豹子突然咬住了她的虎口，所以，郭沫若出生后，乳名就叫“文豹”。这个名字很有气势，后来的事实证明，这个乳名还真富有预见意味。发蒙后，郭沫若有了一个学名叫郭开贞，号尚武。他后来果然在北伐战争中有过一段戎马尚武的生涯。“沫若”二字是他后来取的笔名，源自他家乡的两条河流——大渡河、青衣江在古时候分别称为沫水、若水。

郭沫若是大渡河和青衣江的儿子。他说过，他的生命，也像大渡河的流水一样，一直在崇山峻岭中迂回曲折地奔流着。他从很小的时候起就幻想过，自己也能像奔向远方的河流那样，冲出四川盆地，离开自己深井般的“家”，出去过一种自由的生活。“只要一出了夔门，我便要乘风破浪！”他在自传里这样写道。

一条南北走向的直街，穿过古朴的沙湾镇。街道两旁是摆着山货、竹器、小吃的小门铺。郭沫若故居就在这条主街道的偏北处，坐北朝南，是一座比较典型的、有着青砖黛瓦的川西大户民居风格的老宅子。

据说，这座老宅始建于清朝嘉庆年间，原本是属于镇子上以经营药材、土特产和酒米油盐闻名的“郭鸣兴达号”的一间临街铺面。到了郭沫若父亲郭朝沛手上时，家道中兴，遂扩建为一座有36间左右厢房的三进式四合院落。当时的沙湾镇已有200来户人家。

穿过前厅，是一个小天井。房屋檐柱不高，但各个厢房房间分布均匀有序。院子后花园里，有郭沫若四五岁时发蒙受教的“绥山山馆”。为小沫若发蒙的先生叫沈焕章，是当时四川犍为县的一位廪生，学问颇好。郭的父亲把他请到沙湾，在家中办起私塾，教孩子们念书。郭沫若和他的大哥，还有伯父家的几个堂兄弟，都是这位老廪生教出来的。

1904年冬天的一个清晨，12岁的郭沫若站在这里，临窗远眺峨眉山头的积雪，心里闪过兄长写的“家在峨眉画里”六个字，于是挥笔写下了一首七言诗：“早起临轩满望愁，小园寒雀声啁啾。无端一夜风和雪，忍使峨眉白了头。”这是他童年时代留下的为数不多的诗篇之一，从中可见少年才子发扬的端倪。

另有一首《村居即景》的五言律诗，也是写于10岁左右：“闲居无所事，散步宅前田。屋角炊烟起，山腰浓雾眠。牧童横竹笛，村媪卖花钿。野鸟相呼急，双双浴水边。”

花钿，就是花朵形状的银首饰之类。这首诗写得清新隽永，透露了小小少年对家乡景色的迷恋和热爱。

郭沫若的少年诗才，当然得之他的天资聪颖、心地灵秀，同时也与他的母亲有关。郭的母亲名杜邀贞，出身于破落的地方官家，15 岁时从乐山杜家场嫁到沙湾镇郭家，相夫教子，为人贤淑；缝制刺绣，心灵手巧。郭沫若两三岁时，她就教会儿子背诵了很多诗歌，其中有一首，郭沫若成年之后仍然记得：“淡淡长江水，悠悠远客情。落花相与恨，到地一无声。”母亲还会画荷花，郭沫若有一次说她画的荷叶纹路不对，母亲说：“我是全凭自己想出来的，哪里能比你们有什么画谱、画帖呢？”

郭沫若后来回忆说，成年后，“我之所以倾向于诗歌和文艺，首先给予了我以决定影响的就是我的母亲”。从他早期写的家书里，也能感觉到，他对自己母亲的感情很深。1914 年他东渡扶桑求学，在写回沙湾的第一封信上，就这样向母亲保证说：“男前在国中，毫未尝尝辛苦，致怠惰成性，几有不可救药之慨；男自今以后，当痛自刷新，力求实际学业成就，虽苦犹甘，下自问心无愧，上足报我父母天高地厚之恩于万一，而答诸兄长之培诲之勤，所矢志盟心日夕自励者也。”

1905 年，13 岁的郭沫若告别了沙湾镇，坐着一只小木船，在滔滔的大渡河上顺流而下，去往乐山县城，报考当时新办的高等小学。此一去也，沙湾镇一直要等到30年后，才能再见到这个胸怀大志的川西子弟。其时已是1939年了，正值中国全面抗战时期，郭沫若已经47岁，因老父病危和仙逝，他回乡料理后事，才重返沙湾。郭父治丧时，共产党、国民党两党的政要及各界名流，都有挽幛挽联致唁，郭父哀荣之隆，也显示出郭沫若当时备受推崇的声望。这些国共政要及各界名流的挽幛致唁图片和文字说明，在沙湾镇故居都有保存和展示。

大江滔滔，小河涓涓。绥山育秀，沫水钟灵。秀雅的山水，培育出了一代盖世文豪。我来拜谒沙湾镇时，正好逢上绵绵细雨。那么，细雨中的沙湾镇，你可还在怀念，100多年前穿行在你的小巷里、奔跑在你的小街上的，那个乳名叫“文豹”的少年？

独龙江畔的故事

独龙江的波涛里，融入了独龙族小学生读书的声音……

孔志清

独龙族的第一个文化人，名叫孔志清。有一年，少年孔志清跟着路过独龙江边的一队马帮，翻越了山顶还有积雪的高黎贡山，历尽千辛万苦，到了白族人聚居的苍山脚下洱海边的大理城。这个幸运的独龙族少年在这里得到了念书识字的机会。他的名字，就是当时一位老先生给他起的，“孔”是孔圣人的“孔”，其中有希望他能好好念书，立下清正志向，以后用学到的文化为独龙江家乡做事的寓意。

独龙族是祖国大家庭里极其少见的、从刀耕火种和结绳记事的原始社会形态直接跨越到社会主义社会、汇入现代文明进程的一个少数民族。孔志清做梦也没有想到，新中国成立后不久，1952年元旦，他会受到中央政府的邀请，作为边疆少数民族代表，来到祖国首都北京，在灯火辉煌的中南海，幸福地受到了毛主席、周总理的接见。

巴坡小学

1952年，独龙族有史以来的第一所小学——巴坡小学，在独龙江畔建立。在千百年来只用竹笆茅草搭盖住房的独龙村寨里，巴坡小学成了最美丽、最引人注目的一座建筑。

巴坡小学就像出现在雪山深谷的一座耀眼的童话小屋，像盛开在独龙江畔明亮的山坡上的一簇鲜艳的独龙花，让世世代代刀耕火种、日出而作、日落而息的独龙人看到了从未看到的光明和希望。

巴坡小学的第一次开学典礼举行时，古老的独龙江边就像迎来了一个开天辟地的盛大节日，巴坡村的老老少少，还有散居在其他大山皱褶里的独龙人，都穿上盛装赶来了，有的还是从溜索上“过溜”来的。

当巴坡小学的第一任校长、年轻的杨茂把由马帮从贡山县城驮来的崭新的课本，一本本地发送到孩子们手中时，他们的爷爷奶奶、爸爸妈妈都激动地拥上前去，朝着高高地飘扬在龙竹旗杆上的五星红旗，齐刷刷地跪下了……

从此，独龙族的新一代告别了祖祖辈辈结绳记事的原始生活形态，捧着墨香飘散的课本，翻开了独龙族崭新的一页！独龙江的波涛里，融入了独龙族小学生读书的声音，飞翔着独龙族梦想的翅膀……

这些故事，是作家吴然先生——中国好几代小学生都熟悉的小学《语文》课本里《我们的民族小学》《新年礼物》等课文的作者，在他的长篇纪实散文《独龙花开——我们的民族小学》开头一篇《巴坡小学》里写到的。

牵挂

说起这本书的写作缘起，又是一个感人的故事。

早在1974年，作家冯牧先生曾翻越高黎贡山到了独龙江畔，看望过巴坡小学的老师和孩子们。冯牧把这次在独龙江的经历写成了散文，收进了他后来在百花文艺出版社出版的散文集《滇云揽胜记》里，其中写到了巴坡小学旁边的那座古老的藤索桥："当小学生们走过桥面时，他们摇晃得好像打秋千一样……"

1981年，一直生活在苍山洱海边和彩云之南的散文作家吴然，第一次读到冯牧笔下的独龙江孩子们的故事时，便心驰神往，希冀着什么时候也能去独龙江边拜访这所小学。后来，当他终于有了一个机会的时候，通往独龙江的唯一一条人马驿路，偏偏被几米厚的冰雪封冻住了，难以成行。

但是，留在散文家心中的那份牵挂和念想，却一直挥之不去。他在散文里写到了自己足迹所及的云南边疆的很多地方，也包括一些偏远山寨的民族小学，可就是没有去过和写过独龙江。这份牵挂和希冀，一直保存在他心中。

2006 年，已经退休的吴然终于得到机会付诸行动，一路翻山越岭，千里颠簸，到达了冯牧笔下的巴坡小学。当时的老县长高德荣打着伞，站在倾盆大雨中，迎接了他们一行。

这次访问，有一个细节让吴然一直难以忘怀：当他走进昏暗狭窄的小教室，和老师、孩子们交谈的时候，老县长却悄悄离开了学校。原来他是为了招待远方来的客人，去独龙江打鱼去了。这位老县长还告诉吴然，他小时候就在巴坡小学念书，后来又在这里当过老师，整整过去 50 年了，小学校的破旧让他感到羞愧……

从独龙江回来后，吴然写了一篇散文，题目就叫《巴坡小学》，发表在《人民日报》上。然而，他对独龙江边的这所小学和孩子们的牵挂并没有就此放下。又过了近 10 年，2015 年秋天，已经年逾古稀的吴然，再次踏上了通往独龙江的遥远而崎岖的山路……

这一次，他在独龙族村寨里住了很长的一段日子。他切身体验了独龙族人的日常生活，对独龙江边的孩子们，他们的爷爷奶奶、爸爸妈妈，还有他们的校长、老师以及帮助他们的边防军叔叔、前来支教的志愿者等，都一一做了细致的走访。

最终，他用一本文笔真实、故事丰盈的纪实散文《独龙花开——我们的民族小学》，描画出了他亲眼见到、亲身感受到的独龙江孩子们的成长画卷，谱写了一曲伴随着中华民族实现伟大复兴的中国梦的坚定脚步，而正在日新月异地向前迈进的独龙人的追梦之歌。同时，这位老作家也用这本书安妥了自己30多年来梦牵魂萦的那份牵挂、念想与希冀。

书里写到了三组人物。一组是阿普芬、阿普立等独龙族孩子。正在成长中的孩子们，永远代表着希望、力量和未来，他们在任何时候都是一个民族最鲜活、最明亮、最富生机的一部分。作家选择以讲述独龙族小学校的诞生和不同孩子的成长经历、追梦故事为全书切入点，可谓独具情愫，别出心裁。

另一组人物是包括第一任县长孔志清、闻名全国的“独龙之子”高德荣老县长、独龙江中心小学现任女校长梅西子等在内的在独龙江“落地生根”的小学老师和支教志愿者们。他们就像在独龙江畔播撒书香的种子、点亮知识的灯火、传递文明的火炬的“接力手”，在独龙族人走过的羊肠小道、溜过的空谷索道上，也能看到他们走过的脚印和经过的身影。他们倾尽各自的力量和真情，奉献给了独龙江的乡亲和孩子们。在他们的心中，都装着一个强大而美好的心愿：有梦想就有希望！就像老县长高德荣在写给梅西子的一封信上所说的那样：独龙江的孩子，需要看到远方的风景，远方的路……

还有一组人物，就是阿普芬的奶奶、木琼花的妈妈、阿支木的爸爸等老一辈的独龙族人。从他们身上，我们看到了千百年来独龙族人诸如“文面”、“溜索”、“守秋”、纺织“约多”等古老的风俗习惯和生活方式，他们代表着独龙族的历史、文化和传统，代表着这个民族心地单纯、善良和简朴的人性之美。

阿普芬、木琼花、阿支木

每天早晨7点钟，一群独龙族小学生，还有他们年轻的老师，一起蹲在霞光中的独龙江边洗脸，花花绿绿的衣服，可爱的脸庞，以及他们的吵闹声、欢笑声，都映在流淌的江水里。

洗完了脸，小学生们就坐在江边的石头上、草地上，用卖力的读书声，和独龙江的流水声比赛。哗哗流淌的江水伴随着独龙族孩子们的朗读声。独龙江就像一位收藏记忆的老人，默默见证着眼前的一切……

吴然的书中有一个细节写得真美，让人过目难忘：

那个爱美的小女孩阿普芬去江边打水时，特意采了些柔软的杜鹃花枝条，给自己编了一个漂亮的花冠戴在头上。当她戴着花冠，在江水里看到自己晃动的影子，她感觉到了自己的心跳，她被自己的美丽感动了！这时候，江水冲击着干净的鹅卵石，哗哗地、欢快地流向前方，好像在为美丽的阿普芬喝彩一样。

再如，作者吴然写到另一个小女孩木琼花跟着阿妈学习织布、染色的故事时，把独龙族人独特的纺麻、织布、染色的传统手艺，写得细致入微，美不胜收：

一到染色的时候，小木琼花就像过节一样快乐。她跟在阿妈屁股后头瞎忙活，把红红绿绿的染汁胡乱抹些在自己的衣服上。阿妈从来不管。“小娃娃嘛，图好玩！”阿妈总是这样和阿爸说。

当阿妈坐在场院里的木桩边，双手灵巧地不断穿梭，织着美丽的“约多”（一种色彩鲜艳的独龙毯）时，小木琼花会一直好奇地看着、看着，学着阿妈的样子，小手不停地摆动着……果然，没过多久，心灵手巧的小木琼花，也学会了在腰上系着结布拉，像阿妈一样“咔嗒咔嗒”地织“约多”了。

独龙族一些独有的传统风习和手工艺，就这样一代代延续着、传承着，像永不止息地向前流动的独龙江水一样。

在这本书里，作家也通过一些小故事和小细节告诉我们，独龙族的文明和进步是一点一点地完成的。他们既保留和恪守着一些古老的风俗习惯，同时也越来越多地接受着现代文明之风的吹拂，一些陈旧和落后的观念，正在悄悄发生着改变。

例如，小男孩阿支木是一个小猎手，他跟着阿爸出去狩猎，看到小麂子纯洁、清亮的眼神时，心里就有了“不能让树林里没有麂子奔跑的身影，更不能让小麂成为没有阿妈的孤儿”的想法。所以关键时候他这样请求阿爸：“阿拜，放过母麂，放了幼麂吧！”并且亲手打开篾筐，让一只捕获到的小麂子飞奔回了大自然的怀抱里……

这不就是照射进独龙族古老山林里的文明之光吗？

书中还写到了独龙族人许多传统生活细节。例如，独龙族山林里有很多的蛇，可是在独龙族人心目中，竹竿就是蛇的舅舅，所以蛇最怕竹竿。又如，在独龙族古老的传说里，独龙江边的第一个男人和第一个女人，都是从大树心里钻出来的，所以，独龙族人会把那些老树、大树尊称为“神树”。

再如，独龙族女子很会纺织，而第一个懂得纺麻织布的独龙族女子叫阿妮，有一次她在山林里采野果时，被一簇从大树上挂下来的蜘蛛网网住了。“这是山神在教我织布穿衣哪！”

独龙族人纺麻织布的手艺由此开始。还有，生活在独龙江畔的独龙牛，不仅要吃草料，还要给它们喂盐巴，吃了盐巴，牛才有力气……

作者在写到年轻的梅西子当初被派往独龙江畔当老师，还带有一些畏惧和退缩心理时，她的阿爸这样讲道：女儿啊，听从父亲的教导，就是天上飞盘也打不着你；领会母亲的良言，就是地上发洪水也淹不着你；听共产党的话，就是大雪封山也饿不死你。上面怎么安排你就怎么做吧！梅西子后来在独龙江畔生活久了，深深爱上了这片山水和这里的孩子，她甚至还有了这样的感悟：对这里的一切，“要像找羊肚菌那样，去发现，去认识”。

新鲜的菌子

一个作家，只有深入到生活的最细部，熟悉和洞察独龙族人日常生活和心灵最深处的秘密，才有可能采集和发现更多鲜活、质朴、动人的细节。

作家采集到了不少朴素和美丽的独龙族民歌。这些民歌有一种单纯、朴素和清澈的美，就像一面面明亮的镜子，或者像镜子一样明亮的小水塘，映照出了独龙族孩子们纯净的心地。

例如这一首：

阿妹哟，阿妹，
你长得真好看哟，
你的头发像麻丝一样，
你的眼睛像宝石一样，
你的嘴巴像花瓣瓣。

再如下面这一首：

下雨的天气菌子多，
我们来找菌子了。
雨水下过了，
你们出来吧，
你们真乖，
让我们找到一窝菌子！

这本书，不仅给我们展现了独龙族这个生活在鲜为人知的偏远边疆地区、曾几何时所有的女孩一旦成年了都要以原始的神秘符号“文面”的古老民族的文明和进步的变迁史，揭示了一个古老的少数民族的发生之谜、生存之谜，也让我们看到了新一代独龙族人正在迈入现代文明进程、汇入中华民族实现伟大的中国梦的追梦之路。

习近平总书记在中国文联十大、中国作协九大开幕式上的讲话中说："今天，在我国960多万平方公里的大地上，13亿多人民正上演着波澜壮阔的活剧，国家蓬勃发展，家庭酸甜苦辣，百姓欢乐忧伤，构成了气象万千的生活景象，充满着感人肺腑的故事，洋溢着激昂跳动的乐章，展现出色彩斑斓的画面。"总书记还鼓励作家们，"清泉永远比淤泥更值得拥有，光明永远比黑暗更值得歌颂"，作家们应该"善于在幽微处发现美善、在阴影中看取光明"。

祖国960多万平方公里的大地和约14亿的人口，当然也包括高黎贡深山中的独龙族兄弟姐妹和孩子们在内。作家吴然正是带着"一个都不能少"的美好信念，把自己的脚印留在了独龙江畔的羊肠小道上，也用饱蘸着真情和爱心的清澈文笔，为我们写出了一本有温度、接地气的好书。这无疑是对总书记的美好期望的最好的践行。

画山绣水

长江礼赞

——献给母亲河长江

*

大江从远古奔流而来，还将奔腾不息地流向未来。

雪山顶礼

是谁拥抱过地球上最后的那片净土？是谁最懂得，那伟岸的冰山的风度？是谁穿越过世界上最强大的风暴和最高的雪线？是谁最懂得，格拉丹冬雪山的沉默和孤独？

啊，伟大的风景默默无语……

古老的冰川，亿万年来你瞩望着蓝天，俯瞰着大地。无数座巨大的冰山，在你幽蓝的雪光里，凝聚，融化，再凝聚，再融化，任凭时光的变迁和奔突。美丽的格拉丹冬，仿佛是一位明眸皓齿的女神，在广袤的冰原上安坐万年，只有漫漫的风雪伴随着你的寂寞和你的孤独。

你历尽沧桑，亘古如斯，最博大，又最神秘；你银装素裹，生命罕至，最荒凉，又最富丽；你注视着人类的未来，呼唤着攀登的勇士，使人向往，又令人望而却步；你超越了国界，超越了历史，似真似幻，又如梦如诗。

你——我们伟大的母亲河长江的源头。你——亿万年的守望，化作一条古老而宽阔的大江，从皑皑的雪山奔腾而下，一路越过了无数的高山、峡谷和平原，经过了数不清的城镇和村庄。你甘甜的乳汁，滋育着两岸的一草一木，滋育着中华民族古老的文明和数千年来的希望与梦想。

星移斗转，沧海桑田。滔滔长江，山高水远。古老的格拉丹冬啊，请告诉我，一个古老而伟大的民族的繁衍之谜、生存之谜和复兴与腾飞之谜，隐藏在哪里？在你的守望和沉默里？还是在那一片苍茫，一片幽蓝里？

格拉丹冬，在群峰之上，在圣灵之下，你是至高无上的雪山之神。你统领高原，你福荫雪域，请你用那颗博大的心，庇护我们、照耀我们——所有降生在这片高原上和将要降生在这片高原上的，所有死在朝圣路上和将要死在朝圣路上的，你的子孙。

从一座雪山到另一座雪山，没有哪一座比你更使我留恋。你是那么纯洁，你是那么瑰丽，因为你离太阳最近，而离尘埃最远；你是那么崇高，你是那么雄健，因为你领悟了永恒，你最甘于奉献。

而我，我们，都是属于你的，是不属于任何人的。为了你，我愿头戴荆冠，赤裸双足，越过所有寒冷的雪山和冰川。我要向你献上我心灵的香草，献出我全部的爱，甚至我的生命，只为了感激你涓涓的清流，你永恒的醴泉。

格拉丹冬雪山，我似乎也听见了你的低语——

不，我崇拜你们，我热爱你们！多少年来，我守望着你们，超越了时空和轮回。我的圣洁的少女，我的善良的人民，我的天真的婴孩，我的艰辛的母亲，还有你们——大地上的村落，高飞的苍鹰，绿色的草原、山冈与森林……我爱你们！可是你们哪能懂得，我是怎样地热爱啊！

你们捧着洁白的哈达，转动着千年的经轮，匍匐在漫漫的朝圣路上。你们一生的圣土，是我心灵的慈航，连死亡也不会隔断我们的联系。你们每个人的生命都是一轮太阳，在大地上消失了，又会闪耀在天上！你们不朽的生命，是埋藏在雪山的珍珠；你们飞翔的灵魂，是照耀着雪山的阳光。我是这样地崇拜你们，热爱你们啊！只有在你们面前，我才愿低下我高昂的头颅，洒下我滚滚的热泪……

壮美夔门

如果你穿越过长江三峡，你一定看见过那滟滪堆上、瞿塘峡口的夔门。那是如危欲坠、波涛汹涌的，铭刻着人类最悲壮的故事的英雄之门；那是凶神一样威震峡口的东方“斯芬克斯”；那是“两山夹抱如门阀，一穴大风从中出”的、通向太阳和海洋的探索之门、梦想之门；那也是震动着一片激流峡谷，高奏着千古的交响乐章，轰隆隆地向上生长着的命运之门！

多年前的一个夏天，当我溯江而上，站立在江峡北岸的白帝城赤甲山的悬崖之上，看着那一路奔突而来的滔滔江流汇于门下，我仿佛感到脚下的大地也发出剧烈的震颤。而与此同时，就像涤荡着整个人类心灵的暴风雨一般的贝多芬《命运交响曲》，也极其自然地回响在我的耳边。是的，这正是命运，在向整个人类逞凶：“我是你的命运，我要统治你的一生！……开门！开门！我要进来。你逃不出我的掌心！”

这声音一遍一遍，往复不绝，随着那隆隆的咆哮的波涛上升。但是，渐渐地，我仿佛听见，有一个更巨大的声音从天而降，又如那更为悲壮的激流，在用我们看不见的牙齿和看不见的手掌，啃咬着、拍击着那铁一般的命运的门框：

“命运，我不会服从你的，不会受你的支配的！我要鼓起我的勇气，磨砺我的宝剑，跨上我的战马，掌握住自己的命运！我的命运！……挤进去，挤进去——挤进命运的大门！”

这声音同样一遍一遍，往复不息。而且，它越来越有力，越来越响亮。我知道，这是一种不可战胜的、勇敢地迎向命运的人类的意志和信念！

月涌大江流

奔腾的大江经过了险峻的瞿塘峡和妩媚的巫峡之后，进入了舒阔的西陵峡。滔滔江水奔至灯影峡石牌地段，忽然向左转了个 110 度的大弯，改向东去。这个月牙形的大弯被人称为“明月湾”，并且有着“长江三峡第一湾”的美誉。耸立在南岸上的一块约有 40 米高、仿佛刀削斧劈一般整齐和突兀的花岗岩巨石，就是著名的石令牌——它同时也被誉为“中华第一神牌”。明月湾、石令牌，以及离石令牌不远的灯影峡、杨家溪、龙进溪，组成了西陵峡段一道最美丽、最神奇的，带有大自然原态性的风景线。

有一年夏天，我和一群诗人来到这片尚带野性的山水之间。美丽的长江母亲在西陵峡中张开温柔的怀抱，拥抱了我们这些善良和率真的、在生活的大江中常常受到伤害的孩子。“我见青山多妩媚，料青山见我应如是。”诗人们的心是透明的。他们对这个世界也不会有太多的苛求。只要给他们一点点美丽和柔情，他们就会向世界献出自己的全部。

果然，我看到了，在月色朦胧、山影绰约的明月湾边，在曲折蜿蜒、清澈见底的杨家溪上，在巍峨雄壮、高指云天的石令牌下，在曲径通幽、扑朔迷离的灯影洞里……诗人们一个个都沉湎其中，或乐而忘返，浑然不知归途；或彻夜难眠，不觉东方之既白。

杨家溪，也许是我所见过的最美丽、最幽静的峡谷溪水。在一个宁静的午后，我和诗人们一起，乘一只小舟，咿呀驶进了这画山绣水的深处。清澈而寂静的蓝色溪水，使我想到了何其芳的诗句：“开落在幽谷里的花最香……没有照过影子的小溪最清亮。”也使我想到了洛尔迦小谣曲里的泉水和溪流：“水呀你到哪儿去？”

洛尔迦曾说：“最小的手也不能把水的门打开。”其实他是在说，所有的诗人内心里都渴望被这样的水抚摸。终于，这些现实中的受伤者、大自然和诗神的宠儿，没有能够抵挡住这条清流的诱惑，他们不约而同地脱去所有的衣裳，一个个赤身返回了大自然母亲的怀抱之中。在这远离了现实的纷争与喧闹的地方，在这纯净、原始和充满柔情的水波之中，他们沉湎了，陶醉了，就像一条条忘情的小鱼……

夜色空阔，江月高悬。波涛拍岸，仿佛大江无尽的絮语。江水日夜流淌着……我枯坐岸边，思绪也变得漫无边际。在江水转弯的地方，坐在朦胧的月色下望滔滔大江东去，这是我平生第一次。神秘的峡江给了我两个未眠之夜。

江河不废万古流。而在时间的波涛上，我们每个人都是匆匆的过客。总有一天，我们都会被时光的河流带走。也正因此，人生中便会有一些使人留恋和怀念的东西，即使是短暂的和朦胧的，也足以使人回味和珍惜。它们是生命中不经意而闪过的火花，是旅途上偶尔相遇的同路者。或者就是如同此夜，那突然走进我心中的一个美丽的影子，那印进我脑海里的一个难忘的笑颜。

息壤之上

这是我们楚国的先民耕耘过的土地。这是生长过风、雅、颂和楚辞的土地。这就是供奉我们生生息息、堇荼如饴的大江两岸和大地慈母。一切幸与不幸的命运的起源和归宿。灵与肉之初，也将是最终的乐土。你——荒凉与仁慈同在。你——贫穷与富足并举。你以辽远的、凝固成一片的铜色的泥土为怀；

你以珍贵的、一点一滴的甘露为乳汁，滋育我们，使我们强壮。让我们一如创世纪的先民，经受大地上的风、雨、雷、电……

在空旷的息壤之上，你让我们开垦、耕种，相亲相爱、繁衍子嗣。让我们高歌、欢舞，抒写自己浪漫的文化和史诗。让山鬼出没，让凤凰飞舞，让芷兰、苦艾、茱萸、薜荔、佩兰、花椒、铜草吐露遍地芬芳。也让我们拥抱苦难的命运，尽情地腾踏于自己的乡土。让狂热的鼓点如震天动地的惊雷，夸耀着我们节日和收获之后的狂欢，倾尽我们命运中的悲与苦……

啊，我听见了，听见了故乡的河流在大地上歌唱。那是深情的水波亲吻古老的泥土的声音，散发着苜蓿、羊齿植物和树木的芬芳。我差不多快要忘记那种激情滔滔的声音了，如今它又在我布满乡愁的心中急切地喧响。它仿佛正在召唤什么，又充满了新的渴望。我想象着，从那黛色的水源飘起的云朵，是苍鹰，是家乡的雁阵，是最美丽的白鹭，在雨后的山谷间展开了自由和骄傲的翅膀。

这是我最熟悉的家园和乡土，也是我在拥挤的城市里常常梦见的地方。啊，青青的山谷，辽阔的田畴，翠绿的山岗，幽静的树林……干净的田野仍然散发着谷秸和青草的气息。它们充满了泥土的芬芳。在这里，还可以听见一条环村而流的小河在淙淙地歌唱。每到早春三月，河的两岸便开满了肥美的牛蒡花和马兰花。中午的河滩上有闪着金光的温暖的沙砾。河的上游有吱吱不停的风车和水磨坊。偶尔可见能干的女人们在那儿淘洗要磨的麦子，在那儿浆洗花花绿绿的被单和衣裳，她们有时候也在更上的上游等待自己相好的男子……这是我们的父母之河，河水里倒映着我们古老的和新建的家园，河水里流淌着我们爱爱愁愁的日子。

我能够不爱那片土地和那条清芬的河流吗？不，那是我的父母之河，是我的生命和幸福之源，是我们所有人的爱的脉管和再生的希望。我听见了故乡的河流在大地上歌唱。我仿佛又看见了故乡大地上新生的一切生命，都在这条大江——我们的母亲河的两岸旺盛地生长。

大江不择细流，而我也深深地爱着，她用轻柔的水波环抱和滋润着的一座座江南小镇。这些意态怡然而韵味悠长的江南小镇，暗合着一种生命的熨帖与平实，也永远是心灵的润泽与宁静的象征。

看吧，小巷两边的青灰色屋顶，凝固着往昔时光的斑驳的残梦；那交错相映的石拱桥，精致而又历尽了沧桑。古老的岁月的脚步从一座座老桥上轻轻迈过，时光的流水从一座座老桥下缓缓远去；浣洗和淘米的女子永远是温婉和妩媚的。乌篷船来来往往，载着欢乐，也载着艰辛，载着一代代人对幸福生活的期待与梦想……

江南小镇，永远是和浓浓的乡愁连在一起的。“小楼一夜听春雨，深巷明朝卖杏花。”这是诗人陆游梦里的乡思。“撑着油纸伞，独自彷徨在悠长、悠长又寂寥的雨巷，我希望逢着一个丁香一样的结着愁怨的姑娘……”这是诗人戴望舒所幻想过的心灵的故乡。“摇啊摇，摇到外婆桥……”曾经有多少文人墨客和离乡游子，都蘸着梦里的江南烟雨，描画过他们心中的江南！

鲁迅，周作人，丰子恺，郁达夫，叶圣陶，茅盾，叶浅予，徐迟，吴冠中，陈逸飞……他们都曾经在自己的文字和画幅上，深情地描画过美丽的江南。充满船歌水韵和石桥深巷的江南小镇，几乎成为一种独特的人生范式和理想之所的象征。它远离喧嚣的市声和名利场，但又不失民生经济的酸甜苦辣，人间的一切欢乐忧伤和幸福的梦想，小镇都是沉默的见证者；它宁静淡泊，寂然无声，却又独具深厚和浓重的沧桑痕迹，就像一位历尽了艰辛、阅透了世事的老人。

从你这里，我看到了一条大江赋予我们的开阔与恢宏、温润与包容；从你这里，我看到了祖先们的生命中那超拔的强悍与不屈；从你这里，我也看到了一个苦难的民族伟大的向心力与凝聚力，虽历尽磨难却生生不息、不断浴火重生的坚韧不拔的伟力。

江与城

江与城，这是一个何其奇妙的组合。白云黄鹤，金戈铁马，见证了一座大城多少盛衰沉浮、风流云散，见证了它多少光荣、繁华、灾难和荒芜。远古的盘龙古城，一座距今已有3500多年的商代方国城址，是长江流域发现的第一座商代古城。也有人认为，它是商人南征时建立的军事据点，位于今天的汉口市区以北约5公里的黄陂县境内，因被水波潋滟的盘龙湖环抱而得名。它是江城最古老的历史沧桑的见证：坚实的城垣，古朴的陶器，精美的玉戈，秀丽的纹饰……见证了先祖们务实、勤劳、智慧而又不失浪漫和幻想的天性。

在大江继续奔涌了数千年之后，出现了另一番盛景："五百年前一沙洲，五百年后楼外楼。"从这两句竹枝词所描述的景象来看，武汉作为一座城市的诞生与发展，只是最近数百年的事。数百年间，这座城市正是从这样的一个个水码头出发，走出汉水，走出长江口，走向太平洋、大西洋……不断发展壮大，而在20世纪初拥有了"东方芝加哥"的美誉。

长江为这座大城带来了韵致、灵性、财富以及全部美好的记忆。繁忙的码头和港口，把多少南来北往的旅客，送到这个中国近代以来最重要的商业都会和综合性工业城市，送到这所闻名遐迩的荆楚文化中心和风格独具的文化名城。

历史的烟云遮掩不了它的庄重与美丽，岁月的沧桑阻挡不了它新生与复兴的脚步。20世纪中叶，一位伟大的革命家和诗人，一位东方的巨人，将自己伟岸的身躯投进了大江的怀抱，并且挥毫写下了“万里长江横渡，极目楚天舒”这样意气豪迈的诗句。从此，一种伟大的横渡精神，在这座城市更加发扬光大，成了这座江城的标志性风景。“到中流击水，浪遏飞舟。”万里长江的波涛声，震响在一代代长江和汉水之子的生命与记忆里。

大江从远古奔流而来，还将奔腾不息地流向未来。大江穿越过多少幽深、曲折的峡谷和弯道，但它最终必将流向辽阔的大海。今天，当华灯初上，武汉港就像一朵漂亮的大莲花，开放在江城的臂弯里。江上的月光将这座城市紧紧拥进它温柔的怀抱里，平息了那整日里喧腾的街市；货轮、客轮将不断地从大江的上游或下游进入这座大城，或者恋恋不舍地暂别这座大城，压低声音吞吐着白烟，带来或带走人们所期待的消息。

然而，水能载舟，亦能覆舟。武汉三镇襟江带湖，整个城市从最初的开埠通商直到今天九省通衢的繁华气象，可以说都是因水而兴、因水而盛。然而，滔滔流淌、亘古如斯的江水，也是对这座城市的一个严峻而持久的考验。多少痛苦和灾难的记忆，也都和这江水密不可分。在不同的年代里，一场又一场大洪水，成为江城人民永难忘却的和最惨痛的记忆……

1931 年夏天。长江汉水，水位高涨；三镇堤防，险象环生。这年 7 月，江汉关水位升至 26.94 米，丹水池大堤首先溃决。8 月 2 日凌晨，单洞门铁路堤坝被冲垮，浩荡的江水涌进市区街道。随后，武昌、汉阳的多处堤垸亦相继溃毁。一时间，江水泛滥，人畜漂流；三镇街道，悉为汪洋。中山路水深达到 5 米，大鱼游进了楼房的二楼。当时有人改写了《滕王阁序》里“落霞与孤鹜齐飞，秋水共长天一色”之句，而成“哀鸿与雁户齐悲，江水共湖水同泽”；还有人发出了“中流砥柱且乏人，狂澜既倒谁作楫”的感叹。

历史上空前的武汉大水灾，在这一年悲惨降临：大水涌来，在汉口主要商埠区的街道上，一只只小船穿梭而过；临时搭起的人行便桥上，挤满了惶恐不安的市民；一些水浅的地方，人力车夫在不停地奔波；临时的卫生防疫站，设在大水弥漫的街道中央；整个水灾的日子里，武汉三镇俨然泽国水城。放眼望去，三镇的街道有多宽，江河也就有多宽。有的老照片保留了这样的一幕：六渡桥一带，大水尚未退却之时，邮政人员只能划着搭有白色布篷的小舢板为市民送递邮件……

1931 年夏季的水灾，使武汉整个城区浸泡在水中两个多月，受灾人口达 78 万余人。水灾过后，霍乱、疟疾、伤寒等瘟疫又肆虐全城，使市民生活雪上加霜，苦不堪言。附近农村，更是房舍荡然，万户萧疏。除了本地区的灾民，还有来自天门、沔阳、监利、汉川、潜江等地的大量灾民拥进三镇，或乞食街头，或在汉口铁路附近的高地上搭起临时的席棚，躲雨遮阳。施粥棚里，每天都挤满了饥肠辘辘等待施舍的灾民。

1932 年，剧作家夏衍编写的电影剧本《狂流》，即以 1931 年的武汉水灾为背景。当洪水淹没武汉时，电影导演程步高率摄影师二人赴汉拍摄水灾新闻，在江堤内外摄下了许多真实的镜头，这些镜头不仅在《狂流》中剪辑运用，也为后人保存下了老武汉真实的江水记忆。

1935 年夏季，武汉三镇又遭水灾，江汉关水位一度达到 27.58 米。汉口陆沉，街道成河。汉口码头被淹没在汪洋之中，乘客无法直接上船，轮船公司只好征用许多小舢板，运送乘客上下渡船。这次武汉受灾者有 20 余万人。这年 7 月 15 日，驻防武汉的张学良被迫派工兵炸毁谌家矶一段铁路坝基，使汉水泄入长江，借以缓解三镇水情。

武汉水灾，自古以来连绵不断，几乎年年都有发生。老一辈的武汉人，谁没有一段段惨痛和恐怖的水灾记忆？只要一看到“防汛抗洪”这样的字样，他们的记忆一瞬间都会被一片恣肆汪洋的大水灌满。

但是，在新中国诞生之后，每年夏天总会如期而至的滔滔洪灾，终于渐渐被制服了。尤其是经过1998年的大抗洪之后，在长江穿过这座城市时留下的一处处江防险段，也留下了江城军民万众一心、众志成城、不怕困难、顽强拼搏、坚韧不拔、敢于胜利的抗洪精神！“天上没有玉皇，地下没有龙王。”真正的“龙王”，是由中华民族的向心力和凝聚力组合起来的伟大的精神与意志，是与这条滚滚东去的大江相附相依、休戚与共的江城人民强大的力量与信念！

大桥之歌

哪里有水路，哪里就会有船只来来往往；哪里有江河，哪里就会有彩虹般的桥梁。20世纪30年代，中国诗人艾青曾经这样吟唱：

当土地与土地被水分割了的时候，
当道路与道路被水截断了的时候，
智慧的人类伫立在水边：

于是产生了桥。

苦于跋涉的人类，
应该感谢桥啊！

桥是土地与土地的联系；
桥是河流与道路的爱情；
桥是船只与车辆点头致敬的驿站；
桥是乘船者与步行者挥手告别的地方。

也许可以这么说：世界上自从有了人类，也就有了人类用双脚踏出的阡陌与道路；世界上自从有了江河，也就有了人类用双手架起的跨水行空的桥梁。从最原始、最简单的独木桥，发展到今天的钢铁大桥；从粗糙和单一的以木跨水的桥梁，发展到浮桥、索桥、拱桥、悬桥、园林桥、栈道桥、纤道桥等；从最初的木料为主，到后来的石料为主，再到今天的钢铁等金属和钢筋混凝土材料在桥梁建筑上的运用……这是一个何其漫长的发展过程。

时间是一条无岸之河。而人类的灵性与创造的智慧，却如同铺设在这条滔滔大河上的桥梁与舢板，把我们从无望的此岸送到希望的彼岸，把我们从迷茫的世纪送到智慧的世纪，把我们从钻木取火、结绳记事的远古，送到森罗万象的现代高科技的今天。

武汉是一座水泽之都，也是一座桥梁之都。如果仔细追溯武汉三镇的每一座老桥的前世今生，人们也许会发出这样的感叹：这不仅是历代的能工巧匠们亲手写下的一部桥梁建筑史，同时也是一部凝结着和镌刻着荆楚儿女和中华民族智慧的文化史与美学史，更是一部铭记着长江滋育的儿女们数千年来寻求和探索与天地、自然和谐相处之道，铭记着一个伟大民族的生存之谜、发展之谜和腾飞之谜的哲学史与文明史。

诞生于1957年的武汉长江大桥雄伟壮丽。“一桥飞架南北，天堑变通途。”它不仅是一座便利新中国南北交通和运输的大桥梁，而且是一座展现新中国人民在“第一个五年计划”期间高昂向上的精神面貌和思想情感的社会主义建设的纪念碑似的建筑物。因此，一位诗人当时这样欢呼：“这是一座通往社会主义的桥！这是一座凯旋门——新中国第一个五年计划的凯旋门！”

武汉长江二桥在1995年6月正式通车。这座美丽的斜拉大桥就像一架金色的大竖琴，奏出了武汉人从20世纪进入21世纪的凯歌。它被人们赞誉为“跨世纪的桥”。还是那位曾经热情地赞美过武汉长江大桥的诗人——徐迟先生——在晚年又为武汉长江二桥欢呼道："这座桥可以使我们毫无愧色地大踏步地跨入新世纪！它多美呵！它的美是高科技的美，它本身是高科技的产物，是高科技的思维花朵，它是几何力学主义的雕塑！"

老一辈的造桥人已经远去，新一代的架桥者又阔步走来。架桥者的家族总是前赴后继的，无论在什么地方和什么年代。当着江声浩荡，江月高悬，夜色空阔……火车压低声音从我们的城市里穿过；轮船温柔地停靠在我们这座大城的梦海边；大江日夜流淌着，不舍昼夜……

那么，去吧，南来北往的火车和江轮。"为什么我不该挥手舞手巾呢？乘客多少都跟我有亲。去吧，但愿你一路平安，桥都坚固，隧道都光明。"（塔朗吉《火车》）

洞庭湖畔摆渡人

八百里洞庭湖，正在重新恢复它渔歌互答、茶园吐翠、水草丰茂的景象。

傍晚时分，老艄公驾着渡船，把几个进山砍毛竹的山里客送过了桃林河，然后回来接了我和细伢子，到附近的一条港汊里去帮他收“罶（读音 liǔ）床”。

罶，就是捕鱼的竹篓子，也叫“罶床”。这是洞庭湖一带老一辈渔民保留下来的一种古老的捕鱼方式，叫作“踩罶”。有经验的渔民会利用江河、湖泊和汊港、塘堰的地势和水流方向，在水下设置好“罶床”。清晨设置好了，傍晚就来收罶床，也叫“起篓子”。这种古老的捕鱼方式，在《诗经 · 小雅》里出现过：“鱼丽于罶，鲿鲨。君子有酒，旨且多。”鲿与鲨，都是鱼名。这几句诗大意是说：鱼儿钻进竹篓里游啊游，有的鱼儿比较小，有的却是肥美的大个头。好客的主人家里，还有味道醇厚的、喝不完的美酒……如今，这种古老的捕鱼方式，几乎要失传了。

洞庭湖及周边的河湾港汊里鱼类繁多，有草鱼、鲫鱼、鲤鱼、青鱼、鲢鱼、鲇鱼、鳜鱼、黄颡鱼、鳝鱼，当然还有河虾、螃蟹、泥鳅等。老艄公今天的运气算不错，收获了大半篓子的草鱼和青鱼，还有十来条黄颡鱼。“细伢子蛮有口福，今夜叫娭毑给你和叔叔做黄颡鱼煮豆腐吃咯。”老艄公眉开眼笑地说着，麻利地收了罾床。娭毑，是洞庭湖人对年老女性的尊称，这里指的是细伢子的奶奶。一阵欸乃，和着秧鸡和“水葫芦”等水鸟的鸣叫，小小渡船在玫瑰色的晚霞里返回了渡口。

山月当空，江声浩荡。像往常一样，一到夜晚，老艄公就在渡口生起一小堆渔火，噼啪作响的渔火上架着小小吊锅，吊锅里煮着沸腾的江水，也煮着满湖畔的月色。渔火驱走了夜晚渡口的潮雾寒气，也像在告诉那些正在河对岸赶着夜路的山里客——这里有一个朦胧的家，有一个可供你歇一下脚、喝一口热茶的地方；这里也可以供你坐下来，烘烤一下被草露和夜雾打湿的裤脚和鞋袜，顺便也倾吐一下心里的苦楚，交流一下明天的方向……

洞庭湖一带，湖连着湖，江连着江，河湾连着河湾，汊港连着汊港，没有船可怎么行呢！修桥是修不过来的，所以，当田地和田地被水分割了的时候，当道路和道路被汊港截断了的时候，渔民们最便利的交通工具就是船只。有船的地方，就会有渡口，所以，洞庭湖四周，到处都是大大小小的渡口。

算起来，老艄公在这个名叫“花狗渡”的渡口已经生活有一个甲子了。他在少年时代跟着祖父、祖母和父母亲，从湘江畔的捞刀河老家，迁到洞庭湖边的浮陵矶居住了下来。他的祖父和父亲都是撒网打鱼、收割芦苇的好手，渔船空闲的时候，也会摆摆渡，送南来北往的人过湖渡河去。老艄公还是细伢子的时候，就跟着祖父和父亲早早学会了洞庭湖的打鱼人大都要掌握的那些谋生技能，撒网、踩罶、割苇、撑船、摆渡……样样都在行。

老艄公养着一条大花狗，花狗朝夕都在桃林河边和主人做伴，形影不离。日子久了，这里本来的名字“桃林渡”渐渐没人叫了，人们更喜欢叫它“花狗渡”。有时候，要过渡的人来到这里没有见到老艄公，却总能看见那条花狗守在这里。花狗一看到有人来，先是哧溜一下不见了踪影，不一会儿，就又欢跑着回到渡口，紧跟着，老艄公也回到了渡船前。

周末，在镇上念书的孙子来渡口看爷爷奶奶和花狗。吃完了娭毑做的味道鲜美的黄颡鱼煮豆腐,还有美味的腊肉豆豉锅巴饭，我和这一家祖孙三口坐在渔火前闲话，披着朗朗的山月，喝着老艄公煮的泡姜盐豆子芝麻茶，也听着峡口那边不时传来的呼啸的风声。

花狗依偎在老艄公脚下，好像也在对着渔火想自己的心事。花狗会有什么心事呢？它是在想念自己的妈妈和兄弟姐妹吗？

细伢子坐在渔火边，就着一盏风灯的光亮，俯在一张小木桌上写作业。作业写完了，又开始小声背诵古诗。细听他的背诵，原来是清代诗人查慎行的那首《舟夜书所见》：“月黑见渔灯，孤光一点萤。微微风簇浪，散作满河星。”诗写得挺美，好像描绘的就是眼前的光景。

听老艄公夜话，实在让我大长见识。洞庭湖的渔民把江边那些突出来的岩石或石滩，都叫作“矶”，城陵矶是洞庭湖许多出口中最大的一个矶，但当地渔民们更喜欢叫它“浮陵矶”。这是为什么呢？原来，老一辈洞庭湖人下湖行船时，有不少禁忌的话，是不能说出口的，比如姓“陈”或姓“程”的，连带其他与“沉”字有相同发音的字，像“城”“成”这些字，都不能说出口，一律都要改为和“沉”的意思相反的“浮”字，所以，“城陵矶”就被渔民们叫成了“浮陵矶”。

“从岳阳城下逆水行船，沿江向上走一百来里水路，就会看见一座垒石山，山对面有个塆子，当地人叫它‘秦琪望’，我十几岁初来浮陵矶，就住在那个塆子……”老艄公简直就是洞庭湖的一部古老的“百科全书”。

“老爹，罶床我算是见识过了，听说洞庭湖一带的‘迷魂阵’

也非常出名？”我一边用敞口碗喝着豆子芝麻茶，一边又询问道。

洞庭湖人常喝的茶有两种：一种是泡姜盐豆子芝麻茶，又叫“六合茶”，主要原料是生姜、盐、黄豆、芝麻和茶叶；另一种叫“椒子茶”，就是把从椒子树上摘下的小果实晒干了，和茶叶一起冲泡着喝。“洞庭湖一带湿气重，天又冷，喝了这泡姜盐豆子芝麻茶和泡椒子茶，又驱寒又去湿。”老艄公一边舀着吊锅里烧沸的水给我泡茶，一边介绍说，“你把碗里的茶椒和茶叶一起细细品嚼，味道更好，可驱寒咯！穷乡僻壤的，没有什么招待贵客，只好多喝点热茶暖和暖和，解解乏咯。”

对于现在的世道人心，老艄公自有他明亮和固执的判断标准。他心里好像有一把看不见的尺子，碰到看不惯的事儿，他就拿出这把尺子来量一量。

一说起“迷魂阵”，老艄公心里更是来气。什么是“迷魂阵”呢？就是把连着大片网片的几十根竹篙牢牢地插入湖水或河湾中，围住一片水域，只留出一个入口，围内再安放一些网兜。网片和网兜底下，还会坠上起固定作用的几十斤重的鹅卵石。有的贪心者还在水下布置一些“倒钩刺”和滚钩，只要有猎物误闯进了“迷魂阵”，不管大小，都会有进无出。在老艄公心里，“迷魂阵”不是打鱼人的正经技能，而是一种竭泽而渔、大小通吃的缺德勾当，要不得！所以，只要他发现和识别出了哪条河湾、汉港和哪片湖面上布了“迷魂阵”，他就会想方设法去通知镇上的管理人员，赶紧派人来拆除它们。早些年，老艄公的眼力好，力气也还算大，一两大卜来，能撑着渡船找到和拆除好几个“迷魂阵”，现在可够呛了。老艄公明白，布设“迷魂阵”的家伙一个比一个狡猾，布下的“迷魂阵”也越来越隐蔽，不容易被发现。

所以连细伢子都晓得，爷爷也越来越不爱说话了，就喜欢一个人“吧嗒吧嗒”地抽着闷烟想心事。

辽阔的洞庭湖，是一代代洞庭儿女的“母亲湖”，也是大自然赐给三湘大地的一方美丽富饶的鱼米之乡。可是，在过去的许多年里，八百里洞庭变样了——不是变得越来越美，而是变得千疮百孔、支离破碎、洪灾不断了。

“唉，想起来真叫人好不心痛哪，都是让那些填湖造田的名堂给折腾的，‘崽卖爷田不心痛’咯！”老艄公说，那些年，好像谁都可以任意围湖填起来，变成自家的地块。还有呢，也不知道从哪里突然冒出那么多的挖沙船、掘土机，还有各种厂子，把湖里湖外搅得乌烟瘴气、怪味刺鼻，连那些大雁、秧鸡、蓑羽鹤、大白鹭都不愿再飞来湖边歇脚了。

“老爹，您莫再生气咯！”我笑着安慰老人家，“这些年来，洞庭湖一带实施平垸行洪、退田还湖、移民建镇的工程，不是很见成效吗？八百里洞庭正在恢复它应该有的样子咯！您看细伢子他们这代人，不是个个都晓得‘绿水青山就是金山银山’，都懂得保护自己的‘母亲湖’了吗？”

“这倒不假。”听我这么一说，老艄公吧嗒着烟锅，脸上总算露出了笑容，“水柳树要长在高岸上，毛竹子要长在肥土上，瞌睡鸟子不能干待着等飞虫，一兜禾还得靠着一兜雨水养咯！”

是啊，过去那几年里，洞庭湖的儿女们，一茬茬的细伢子和细妹子，像三月茶山上的鹧鸪，有的连翅膀都还没长硬呢，转眼就再也看不见影儿了，一群接着一群，都朝着远方飞走了。春工忙碌的时节，满山遍野是鹧鸪、杜鹃啼归的声音，却只在青青的茶山和老人们心头回响，村塆和茶山上难得见到几个细伢子、细妹子的身影。

如今可大不一样了。洞庭人家的新日子，随着国家的好政策，正在一天天发生着巨变。洞庭湖变美了，那些飞走的小野鸭和山雀子，不知什么时候又从四面八方飞回来了。八百里洞庭湖，正在重新恢复它渔歌互答、茶园吐翠、水草丰茂的景象。

而苦于跋涉的人们，也应该感谢“花狗渡”这样的渡口，感谢像老艄公这样长年坚守在渡口上的摆渡人。每一个渡口，都是田地与田地的联系，是江湖汊港与村镇小塆和道路的联系，也是过渡者与山里客们挥手告别的地方。江河日夜流淌，不舍昼夜。在生活的河流上，善良的人总是会全力撑起希望的小船，奋力前行，既渡自己，也渡他人。小小的船头上，还总会挂起一盏闪着微光的风灯，既照亮自己，也照亮他人。

“三入岳阳人不识，朗吟飞过洞庭湖。”近几年，我曾数度到洞庭湖区采风，对洞庭湖早已有了深深的感情。今夜，坐在渡口的渔火边，听着老艄公夜话，不由得又想到洞庭湖人常说的那句话：人勤春来早。洞庭儿女们已经进入了他们的新时代，八百里洞庭湖畔春工忙忙、稻谷飘香、金丝鲤鱼装满舱的好年成，还会远吗?

神农架纪事

*

九寨沟归来不看水，神农架归来不看山。

把汉语字典里所有带斜玉旁的词语都拿来，也无法描绘出神农架的烂漫与绚丽；把汉语字典里所有带木字旁和草字头的词语都拿来，也道不尽神农架奇花异树的丰富与多姿。

诗人徐迟先生曾经用“美丽、丰富、神奇”六个字描述过他心目中的云南印象，依我看，神农架也足以当得起这六个字。徐迟先生还有“九寨沟归来不看水，神农架归来不看山”之说，也精辟绝伦。

著名山水画家王福庆先生，曾经背着厚厚的写生本子，十年内七上神农架，在神农架画下了数百张写生，每一次都是流连忘返，发誓要在有生之年十上神农架。他曾对我说，神农架的美丽与神奇，仅仅用笔墨和色彩是无法描绘的，只能用心和灵魂去感受、去拥纳。到了神农架，我有同感。

神农架的崇山峻岭，是诞生和滋养了汉民族创世史诗《黑暗传》的地方。在神农架的千山烟雨、万壑松风之中，在那绵延曲折、委婉迤逦的大地皱褶深处，隐藏着我们这个苦难和坚韧的民族的诞生之谜、生存之谜和繁衍之谜。这里不仅有架构庞大的创世史诗，也有许多优美的山歌、民谣和神话传说。

在燕子垭和塔坪一带，流传着一个关于小龙女的故事，最为美丽动人。传说，美丽的小龙女一直住在塔坪熊洞子河边的一个山洞里，和当地百姓和睦相处。逢年过节，老百姓经常到小龙女那里借用碗筷家什，用完后放到洞口就行了。一次，村里一个顽皮好奇的后生，还回了家什后竟躲在一旁，想看个究竟。待小龙女出来收拾家什时，后生突然冲了出来。小龙女受到了惊吓，一瞬间就返回了洞里。从此以后村里人再也借不到东西了。

神农架是先祖们隐藏在大山最深处的一部“心灵原稿”。神农架山区里，几乎每一个地名背后都有故事。有些地名，叫得非常奇怪，但是很美，也很传神；有的还与美丽的传说、民俗连在一起。

有个地方叫“灯盏窝”，不难想见，那里肯定是块四面环山的凹地，而且一定不大，不然怎么会叫“灯盏窝”呢。还有个地方叫“二欢喜”，据说当初只有一户人家，夫妇二人。“两个人天天在一起，你说欢喜不欢喜？”女主人解释说。于是这里就叫了“二欢喜”。

有的只有几户人家的地方，也建有一座矮矮的小庙，于是这里的地名就叫“庙娃子坪”。黄连架有个地方叫“貔狐子垭”，“貔狐子”指白狐。原来这一带农民视白狐为“狐仙”，家家在清洁僻静的房间里为“狐仙”设有牌位。还有个地方叫“干柴土”，那里有一座小小的土地庙，当地习俗，过路人途中拾一根干柴，经过土地庙时丢在庙前，土地神会保佑他路途平安。庙前的干柴积多了，人们会在年底选择好日子，点火烧掉，作为祭念。

木鱼镇有个地方名“麂子沟”，当地老人嫌俗气，说这里实际上应该叫“寄子沟”，传说从前有个将要临产的妇女，路过这里时，产下了婴儿。因她要去武当朝圣，不便带着婴儿上路，就把孩子寄养在这里。等她朝圣回来再经过这里，看见孩子和一只大羊子（野羊）在一起，大羊子把孩子当成自己的孩子喂养着。这里因此得名“寄子沟”。

木鱼镇还有一个地方叫“青天袍”。传说明代“小闯王”李来亨行军路过此地，正好遇见久雨新晴，青天复现，将士们在此地歇息并洗晒过战袍，于是有了这个名字。

诞生过伟大的《黑暗传》的地方，怎能不藏龙卧虎？古庙垭和塔坎那里有个“红莲寺”，寺里有个观音堂，堂里有块石碑，铭记着清朝同治二年（1863 年）仲冬月当地百姓捐资修路的经过。令人叹服的是，这块石碑的碑文干净简练，仅仅 16 个字，却把事情交代得清清楚楚："要道崩陷，行人险阻，因捐资财，重为修理。"让人不能不想到，这里一定隐藏过文章高手。

然而，同样是撰文识字，这里还有一个正好相反的例子。这是一个真实的故事：20 世纪 70 年代，神农架中小学教育落后，师资不足，有的小学老师自己也是小学才毕业，识的字比学生多不了几个。于是，语文课上就有了这样一幕：老师教"麻雀"这个词，先是领读："崔，崔，'麻崔'的'崔'。"学生也一遍遍地跟着读："崔，崔，'麻崔'的'崔'。"读着读着，一个姓崔的学生举手站了起来，说："老师，应该是麻雀的雀吧？"老师恍然大悟，这才改正为"雀，雀，麻雀的雀"。

神农架人把所有的动物都称为"牲口"，野生动物就叫"野牲口"。有一些小动物的名字叫得也奇特。有一种喜欢伏在山岩上、足间有蹼、能够在空中飞跃和滑翔的小动物，名"催生子"，其实就是鼯鼠。我奇怪，为什么叫"催生子"？神农架文化学者和民俗专家戴铭先生告诉我，原来，当地百姓相信，鼯鼠的粪便可以入药，治疗孕妇的难产，故名"催生子"。

也是在 20 世纪 70 年代，这里还出过一个赤手空拳打死一只金钱豹的农家少女，名叫陈传香，她的事迹曾经闻名全国，还编进了小学课本。但是现在，神农架再神勇的猎人也懂得保护野生动物了。人与动物和谐相处，甚至人们要事事"让"着动物，以至于有些村子里有了诸如“人均一只猴，户户都发愁”“美了四条腿的，苦了两条腿的”“邓家坪人——罩不住野牲口”等戏言和歇后语。

野生动物们好像都懂得神农架人已经收起了猎枪，所以它们在山前村后，来去自由，如入无人之境。这是他们共同的家园。当地老百姓说，眼见得野猪、豪猪、猪獾，还有狗熊……在田里撒欢，却不能打，甚至不能惊吓，狗子追着叫，也不能给狗子助威。

“神农架是我们的，也是它们的。”一个导游说，“如果我们不想法子保护它们，最终，神农架不是它们的，也不会是我们的。”

说得多么朴素而在理。因此，这里的农民在农活之外，又多了一件事情：每年从苞谷灌浆到收获回仓，得守两三个月的野牲口，免得它们糟蹋庄稼。他们把苞谷也不叫苞谷，叫“野鸡啄”，因为高山上的苞谷长得矮，野鸡都啄得到。

幕阜山风情

*

小乡村的富足、宁静、丰饶啊！

采茶戏

幕阜山区属于“吴头楚尾”，到处是高大的楠竹林和青翠的茶山、茶园。流行在这里的地方戏，多为“采茶戏”。

阳新采茶戏与赣南采茶戏同宗同源，都是山乡儿女在采茶、栽秧的劳动中，唱山歌和田歌自娱自乐，彼此唱和，渐渐演化而来的。尤其是在阳春三四月间，正是鹧鸪满山飞、山茶吐新芽的时候，清明和谷雨前后的嫩茶，你越采掐，它们越是长得丰盈。茶乡儿女们三五成群，上山采茶。茶林深处，你唱我应，山歌互答。

这是一种清新、朴素的劳动之歌和乡土之歌，唱本和曲调里都散发着山茶花和泥土的芬芳，表达着山乡儿女们诙谐乐观的生活态度和人情怡怡的美好心地。阳新采茶戏，就是由这种简单的采茶山歌演变而来的。

最早的采茶戏只有生、旦、丑三个角色，也称“三小戏”，以唱为主，辅以简单的插科打诨式的道白，小戏的基调是抒情、清新和快乐的。后来有了职业艺人的加入，专门的采茶戏班子开始形成，渐渐有了完整的戏本、唱腔和表演程式，采茶戏也从茶乡村野走进了县城舞台，并且有了正式的“阳新县采茶剧团”。

我在这里结识了许多采茶戏名角，他们有的几乎从来没有走出过幕阜山区，为乡亲们演了一辈子采茶戏。这里的山民都喜欢听采茶戏，也叫得出那些采茶戏老演员的名字：演老旦的向冬桂，演青衣的柯春莲，演小生的程国华，本是女儿身却总是反串小生的白瑛，演丑角的崔小牛、万新福，还有当时只是跟着剧团学戏、当幕后合唱演员，后来成为新一代采茶戏青衣的费丽君。

还有一位前辈采茶戏女艺人程美玲，京剧也唱得甚好。我认识她时，她已经70多岁了。可是，当她捏着折扇，绕着兰花指，眉目传情的瞬间，还使人觉得像一个小姑娘一样妩媚，浑身透着一股戏曲的韵味。现在已经是中国人民大学著名教授的现代文学专家、诗人程光炜先生，那时候还在黄石工作，多次去过阳新。我曾带着他听过这位老太太唱采茶戏。还有大戏曲家龚啸岚先生，我也有幸陪他在阳新听过两场采茶戏。他是戏曲专家，是真正的内行，能听出其中的门道，曾给我详细地介绍过，采茶戏的哪些唱腔是吸收了汉剧和楚剧的韵调的。

还有一位演花旦的采茶戏演员叫郑晓玲，喜欢汪国真的诗，还写过一些小小说，是我在阳新的文友之一。有一次，还在部队上任职的报告文学作家李延国先生来阳新采风，每天就睡在我家唯一的一张长沙发上。郑晓玲给老李唱采茶戏小调，他听得如痴如醉。还有一次，远在黑龙江出版界工作的老诗人雷雯先生来江南出差时，特意绕道到阳新来看我，我也请郑晓玲给雷老师唱过她最拿手的几段采茶戏。可惜的是，郑晓玲后来没有再演采茶戏，回家相夫教子去了。

雷老师说，他年轻时来过幕阜山区，一直记得采茶戏里的丑角走“矮子步”的情节。雷老师的记性真好！“矮子步”正是采茶戏丑角演员的一门绝活儿。在我所接触的那一茬演员当中，“矮子步”功夫学得最到家的，是采茶戏名丑万新福。

在多次走访龙港，枫林、太子、三溪、陶港、大王、浮屠、东春等乡镇的老艺人和文化站之后，我粗略理出了阳新采茶戏的演变脉络。

原来，早在清康熙年间（1662—1722 年），阳新就出现了比较成熟的“采茶歌”和以民歌小调为唱腔的“花灯戏”。这是采茶戏最初的雏形。随着黄梅戏、汉剧、楚剧在鄂东南一带的传入，“花灯戏”在道白、表演、板式等方面，不断吸收了这些剧种的一些长处。至清咸丰年间（1851—1861年），采茶戏已形成独具风格、行当齐全的地方剧种，有本可依的剧目已达100多个。当时的名艺人有李盛满、徐世怀、陈新岩等。同治以后，直到清末民初，阳新县已是湘鄂赣边区有名的“戏窝子”了。同治时期，以富河为界，分南河、北河两路采茶戏。与采茶戏同时在此地竞艺的，还有著名的汉戏“兴国河路子”。到了民国时期，采茶戏有半班、三凑班近百个，艺人达两千余人；汉剧则有科班、串堂班十几个，艺人二三百人。这些采茶戏班常在农闲节庆之时走乡串村，除了鄂南乡镇，还远及江西武宁、瑞昌、修水等地。采茶戏戏台多搭在宗祠、家庙或露天谷场上。每逢关爷会、浴佛节、城隍庙日、王爷会、唱祖会、迎神赛会等民间传统节日，许多乡村和大户祠堂都要请来戏班，一唱就是数日。

枫林镇坡山村一位擅演丑角的老艺人杨师傅（艺名“杨猴子”），给我背出了许多他记得的戏本，我记录下来的有《三娘教子》《杨七郎》《买花记》《葵花井》四出。“杨猴子”还说曾听老辈人讲，在排市镇出生的李盛满是男扮女装演旦角的，他在唱《买花记》时，能根据唱词，边唱边剪出十几种花样，扮相也相当俊美。

当时喜欢听采茶戏的人有句传言："会茂盖三县，抵不上陈希燕。"这里的"三县"，是指永修、德安、武宁，陈希燕是武宁县采茶戏的挂牌艺人，但是他手把手的师父，却是阳新排市的李盛满。

还有木港镇人徐世怀是演小生的，陈新岩是演花脸的，陈世饧也是演小生的。幕阜山乡里还有个民谣："阳新龙燕，四十八堰，抱起枕头一摺肩，茶戏爱看一夜天。"说的正是老百姓对采茶戏的喜欢。

挖地鼓

肥美的黄土地上，野草苦菜也使我们甘之如饴。当我第一次听到那响彻天地间的安塞腰鼓声时，这如饴的甘甜也融在我的心里。安塞腰鼓，仿佛是黄土地上的一种奇迹，在温良醇厚的民间鼓乐中，以少见的刚勇腾踏而来。而在鄂南山区，我领略和体验了另一种古老质朴的劝田鼓乐——"挖地鼓"。

挖地鼓是一种歌、舞、乐三位一体的田歌。宋代阳新籍诗人方立经有诗记曰："土鼓无腔信手挝，齐驱秧马下污邪。相逢过客呼同饮，麦酒新成不用赊。"诗中生动地描述了麦收过后插田时节，农人们耕耘阡陌，携鼓酣歌，歌咏风调雨顺的农事景象。

我站在幕阜山中漠漠的水田之上。这是江南的春天。一片片轻盈的云彩像锡纸一样发光。野雉横飞，香樟树在道道山口向远处张望。水车像巨大的轮子在转动。我在老乡们亲切的招呼声中走到了他们中间。我不是过客，我本来就应该是他们当中的一个。

活路开始。村中一位年长善歌又精通农事的老爹，被拥戴为歌师，首先击鼓召唤，率先引唱。这叫“冷鼓”，鼓牌名叫“拜地神”。鼓声含有对神灵的祈求之意，也有率众同结一心、大干一场的信心和豪情。然后所有的插秧手一字摆开，放声相和。歌师边唱边进，秧手边唱边插边退。我竖耳追踪着这古老的歌声：“东山烧火北山言（哟嘿喃），海水烧茶不着盐（哟嘿喃）。关公磨刀不用水（哟嘿喃），好牛好马不用鞭（哟嘿喃）……”

鼓声一阵紧似一阵。一番鼓与冷鼓紧密相接，节奏稳健。鼓牌“落田响”。落田水响，预示吉祥。然后二番鼓“蛤蟆嘴”，三番鼓“赶王鹰”，四番鼓“野鸡过畈”，五番鼓“鸡啄米”是这套曲的高潮，大有鼓声轰隆、乌云压顶，赶忙催步、紧手插秧之势。被密集的鼓点激起的众插秧手们哟喃声动，动作真如鸡啄米一般。然后是六番鼓“五龙盘珠”，情绪变为徐缓，仿佛乌云雷雨之后，活路过半，胜利在望，可以抒一抒柔情了。七番鼓“百鸟归林”，又叫收工鼓，吆喝速度进入最后的极限，戛然而止。整个活路完毕。这时候，直起腰来长舒一口气，但见片片青禾伸展出去，宛如绣织一样。

我也跟随着戛然而止的鼓乐直起腰来，双腿满是泥水。但我感到一种从来未有过的欢乐。年老的挖地鼓歌师捋着胡子告诉我：“这挖地鼓是‘神鼓’，它是土地神所赐，五更星所辖。每天太阳将出、黎明将至，村里人会击鼓迎旦，祈求一天的风调雨顺和村民的安乐大吉。不信你看这鼓状椭长如胆，击鼓也能使庶民胆量如虎，驱避百邪哪！”我怀着敬畏的心理，抚摸着这通体透亮的神鼓，抚摸着它两端的麂皮、鼓帮的朱漆，以及布满龙凤呈祥的雕花。我想告诉老歌师，真正能够击响这麂皮神鼓的人，只有我们自己。我们身边有许多精神萎靡的人，此刻也是多么需要这振奋人心的鼓音的警醒和激励。

落田响

四月里的最后一天，一个明媚的天气，我独自在春雨刚过的山岭间漫游，我觉得，我是和许多人在一起。在城市里的那种孤独感消失了，我像重新回到了自己的故乡一样。鸟声就像新叶一样灿烂清亮，河流在古老的山谷间回响。布谷鸟和云雀欢叫着飞过蔚蓝的天空，静静的小池塘倒映着天空、飞鸟和白云，还有许多秀丽的枫树、樟树和乌桕树的影子。

腐叶铺成的山路上和田埂上，是小野猪们走后留下的一串串蹄窝，每一个小小的蹄窝里，都有一团美丽、清亮的积水。抱窝的竹鸡和斑鸠，正在远处的灌木林里咕咕地发出缠绵的声音，野鸽子也在远处呼唤着同伴，它们的叫声里充满了温情。到处弥漫着树叶和花朵的清香，还有刚刚踩过的新鲜的泥土和青禾的气息。

眼下正是农人们插早秧的季节。“欢迎你，远方的客人！”这是正在插田的人们热诚地向我招呼。他们在欢笑着、忙碌着。特别是那些小伙子，有女孩子在他们身边，他们的秧苗插得又快又直，笑得也更响亮。

插田的时候，他们还在唱着一支快乐的歌。那是一种美丽的“插田号子”。我请教了一位年老的农人，他告诉我，这种插田歌的名字叫“落田响”。落田响是由17支号子组成的一部完整田歌。农人们按照号子的顺序唱。早晨下田，他们唱《走下田》《海棠花》《怀秧》《放牛》；上午下田，他们唱《赶王鹰》《打花歌》《挖百合》《割猫》和《采茶》；下午下田，他们唱《谢茶》《消条》《喊福》《收牛》和《游船》等。

一位演唱技巧比较高超，在村子里也很有声望的插田能手，是率领大伙合唱的人，大家都尊称他为“歌师”。当歌师唱道：“太阳出山（罗火火），（罗）支（罗）花（哦火火火火火火火火火火）……”大家便齐声接唱：“海棠花（罗火火火火花耶）！”

我仔细倾听和分辨着他们所唱的歌词，勉强能够听出大致的意思。他们用着当地古老的方言土语，自由而快乐地唱下去。他们那极为麻利的插秧动作，正好合着“罗火火火火”的节奏。当他们直起腰来再唱时，就当作一次短暂的喘息的机会。

小伙子们把长长的一支“号子”唱完了，一片水田也就插完了。这时候，从村头挑秧过来的女孩子们也会亮开歌喉，接着“号子”唱出她们的“贺彩词”，为这些能干的小伙子喝彩鼓劲：“福矣（嗨）！秧苗冲禾（哇嗨）！秧苗开张（哇嗨）！……”贺彩词里充满了吉庆和感恩的意思。

等到插完了另一片水田，小伙子们唱完了另一支号子，她们还会有另外的喝彩。小伙子们受到了她们的恭维和鼓舞，又不知道从哪里来了那么多的力气。这些插田的年轻人啊，只要村里的女孩子们高兴和平安，他们就是再苦再累，也会觉得幸福！

我远远地听着他们的歌笑，心里怀着美好和真诚的祝福。我知道，这是属于他们自己的文化，是他们视为最平常又最宝贵的东西。他们的秧田和他们的力量原本是分散开的，可是为了享受这份祖先们留下来的热闹与欢愉，他们情愿地又自行组合起来，进行着一两天大场面的劳作。他们从中感到陶醉，感到生活带给他们的欢乐和幸福。这是一旦离开了自己的土地和家乡，就永远也得不到的欢乐。他们可以在这种劳作和歌唱中忘掉一切的不愉快，忘掉邻里之间偶尔的争吵和恩怨，忘掉命运里的不幸。

我想起俄罗斯作家屠格涅夫的话来：小乡村的富足、宁静、丰饶啊！啊，和平和幸福啊……对于他们来说，那些忙忙碌碌的城里人所孜孜追求的一切，又算得什么呢？

从四月江南走过。我也在他们欢乐的劳作和质朴的欢唱中经受着洗礼。我甚至还想到，假如我少年时代不曾离开过乡村，而是一直在田野里生活和劳动，也许，我也会成为他们当中的一个，我兴许也会唱“落田响”呢！

海南之歌

*

碧波荡漾的南海边，是海南人世世代代生活的地方。

假如你是一只远航的小船，我愿是你安宁的避风港；假如你是一只高飞的海鸥，我愿是供你栖息的陆地和臂膀。我们热爱祖国每一道长长的海岸线，我们热爱祖国每一片蔚蓝色的海疆……

我是海南……

亲爱的孩子，让我给你讲一个古老的故事：

很久很久以前，有一位生活在南海边的黎族小猎手，有一天，他追赶着一只小鹿，从高高的五指山，翻越了九十九座山，跨过了九十九条河，一直追到了波涛滚滚的南海边……

前面再也没有路了。那只小鹿突然停下，站在海边的山崖上回过头来。啊，它黑亮的眼睛是那么美丽、温柔！年轻的猎手被小鹿的目光吸引住了，忘了手上的弓箭。

这时候，忽然飘过一阵淡淡的烟雾，烟雾一会儿就飘散了。

猎手再看小鹿时，小鹿变成了一位美丽的黎族少女。

后来，猎手爱上了美丽的少女，他们结为幸福的夫妻，在南海边定居下来。人们把小鹿回头的那个山崖，叫作“鹿回头”。

亲爱的孩子，放暑假的时候，如果你来海南游玩，你会看到，在南海边的三亚市，有一座高高的雕塑“鹿回头”，就是根据这个美丽的传说建造的。三亚市也被人们称为“鹿城”。

那么，来吧，孩子，到我的怀抱里，欢度你的快乐暑假。

在辽阔的南海里，还有许多小小的岛屿，都是我们祖国神圣不可侵犯的土地。但是整块大陆到了我这里，就是中国大地最南端了。

这里，就是美丽的小鹿回头的地方——天涯海角。

在高高的椰树下，生活在海南的汉族、黎族、苗族、侗族、瑶族、畲族的兄弟姐妹，一起载歌载舞，欢迎你从远方来……

在湛蓝的大海边，你想不想变成一条会潜水的热带鱼？像月牙儿一样的亚龙湾，就是你最安全的游泳池。

坐在全世界第一条热带环岛高铁上，看，祖国长长的、美丽的南海海岸线，就在你的眼前。

孩子，如果你想画我，请多用一些蓝色：蓝蓝的大海，蓝蓝的天，细软的沙滩上，支满了蓝蓝的太阳伞……

如果你想画我，还要多用一些绿色：绿色的热带雨林，覆盖着绵延起伏的黎母山。在热带森林里，请你睁大眼睛寻找一下吧，珍贵的坡鹿、水鹿、孔雀雉、山鹧鸪，还有黑冠长臂猿和云豹……我的绿色怀抱，就是它们快乐的家园。

如果你想画我，还要多用一些红色：澄迈的红树林，红得像霞光；昌江的木棉花，红得像焰火；五指山下，红军叔叔曾在这里战斗、宿营、燃过篝火；椰子林里，红色娘子军闪闪的红星还在闪烁……

如果你想画我，蓝色，绿色，红色……也许都还不够。不信你看，用一种颜色，怎么能画出绿橙、芒果、荔枝、香蕉、菠萝、菠萝蜜、莲雾、火龙果、番石榴、红毛丹、山竹、榴莲、杨桃、木瓜、百香果等新鲜的热带水果，那么多五颜六色的绚丽色彩？

用一种颜色，又怎么能画出三亚的凤凰花海、琼海龙寿洋的花海里那些三角梅、鸡蛋花、蜘蛛兰、紫荆花、凤凰花、桃金娘、玫瑰、薰衣草、格桑花、洛神葵、波斯菊、金色萱草、万寿菊……这些生长在海南的一年四季的鲜艳花朵？

来吧，孩子，如果你想做一名探险家，世界上最深的海洋蓝洞，正在三沙等你来探秘。神奇的蓝洞，是地球母亲隐藏宇宙秘密的地方。

来吧，孩子，如果你想做一名航天员，雄伟的文昌航天城，正在等待你来放飞梦想。我们的新一代运载火箭“长征五号”，从这里飞向了遥远太空。

来吧，孩子，如果你想做一位美食家，椰子饭、椰奶鸡、槟榔花鸡，还有椰子糕、椰子酥饼、椰子糖果……都会让你大快朵颐。

你看，热闹的集贸市场上，叔叔、阿姨、阿伯们都在挑选什么？为什么还要采购这么多圆圆的大斗笠？

一只只装满礼物的小船，向着南海深处驶去……他们要驾着小船，驶往哪里？是去“走亲戚”吗？

请跟我来，亲爱的孩子，让我告诉你——

我们的祖国有长长的、弯弯曲曲的海岸线，也有蓝蓝的、茫茫无边的海洋。在辽阔的南海上，在这云飞浪卷的地方，在我的怀抱里，美丽的西沙群岛、中沙群岛、南沙群岛，就像一串晶莹的宝石，镶嵌在祖国蓝色的国土上。这三个群岛，就是祖国最年轻的“三沙市”。

傍晚的时候，小船靠岸了。住在这里的“亲戚们”，都笑着跑来迎接客人。

“阿公，你说的‘亲戚’，原来是我们的海军叔叔呀！”

“对呀，小勇，这就是我们住在海岛上的‘亲戚’哟……”

一位海军叔叔高兴地戴上了阿公送来的斗笠，那个名叫小勇的海岛少年，也戴上了海军叔叔的水兵帽。

看吧，少年小勇站在军舰甲板上，戴着有飘带的水兵帽，穿着一身不太合身的水兵服，扎着宽宽的皮带，正跟着海军叔叔在南海上巡逻，就像一个骄傲威武的小战士。巡逻舰上，飘扬着我们鲜艳的五星红旗……

我自豪，我是海南……

每个中国人说起我，总会自豪地说："我们有南海四千里……"是的，蓝色的南海，有约四千里长长的海岸线是我们的！

亲爱的孩子，在辽阔的南海上，还有那些像星星一样的小岛，都是我们神圣的国土，都像祖国母亲的孩子一样，一个都不能少！

这就是我——海南，位于辽阔的祖国大地最南端的一块国土。

碧波荡漾的南海边，是海南人世世代代生活的地方。我自豪，我是中国大地上最年轻的一个省，就像一个刚满 30 岁的"小伙子"。

一船明月过江来

*

武汉不仅是一座英雄的城市，也是一座知恩感恩的城市。

30 年前，我从幕阜山区的鄂南小城调到武汉工作时，从武昌东湖边的三官殿，走到东亭路上的省新闻出版局，或去往黄鹂路上的省文联、省作协这些路段，全是没有拓建的泥巴路。

记得我第一次到出版社报到时，正是夏日的一场暴雨刚过，整个东亭路被积水淹没，变成了一条溪流。那天我只好脱下鞋袜，挽起裤管，把不满两岁的女儿扛在肩膀上，一只手提着行李箱，从三官殿蹚着水慢慢跋涉到了新闻出版大楼前。一晃 30 多年了，但当时的情景仍然历历在目。

那时我住在东亭路上。去一趟省文联、省作协，要从三官殿那里，走过一条窄窄的、两边长满野草和樟树林的小路。沿路鸡犬之声相闻，跟走在乡村小道上无异。谁能想到，30 年后，三官殿一带变成了武汉最宝贵的地段，东亭路和黄鹂路也被人们称为武昌“最文艺的街道”。凡是从外地来的文学界、艺术界人士，一般都会来此“打卡”，因为湖北省博物馆、美术馆、文联、作协、报业集团、社科院等文化和文艺单位，全部集中在这一块。

武汉是一座九省通衢的繁华大都市。自 1861 年汉口开埠以来，这座城市不断发展壮大，20 世纪初叶就被人称为“东方芝加哥”。而由武昌、汉口、汉阳三镇合为“武汉”这个名称，还不到 100 年。1927 年年初，国民政府将武昌与汉口（内辖汉阳）两市合并作为“首都”，正式定名为“武汉市”。在此之前，武汉三镇各自独立存在。如果再把时间往前推移一下，那么，汉口镇的形成也只有 500 多年的历史。《汉口竹枝词》里有言：“五百年前一沙洲，五百年后楼外楼。”明成化年间（1465—1487 年），汉水改道，汉江口沿岸一带始有居民点。再往后汉口初具市镇规模，沿着汉水和长江，由河街而正街，由内街而夹街，逐渐扩展，先后形成了 8 个渡口，也就是古人所说的“二十里长街八码头”。所以今天的武汉人总是说，这座城市的底蕴是“码头文化”。

长江汉水，江声浩荡；白云黄鹤，孤帆远影。这些美景一起见证了这座大城自近代以来多少次的天地玄黄、盛衰沉浮，也见证了她的摩登与繁华、艰辛与苦难，还有她的风花雪月与市井弦歌。虽然不见“南朝四百八十寺”，但三镇的深巷里，自有“多少楼台烟雨中”，也在无声地铭记着这座城市的鲜为人知的故事。

我虽不是土生土长的武汉人，但毕竟已在这里生活了30多年，对这座城市的爱与知也与日俱增。我曾写过《孤帆远影碧空尽》和《消逝的武汉风景》两本书。穿行在武汉三镇一座座、一片片迷宫般的老房子里，寻找和叩访着那些隐藏在旧巷和老街深处、有的几乎被人遗忘的荒园和楼台，我试着以不同时代进出老屋深院的人事为线索，以一些尘封的文献和亲眼所见为依据，用自己的笔去钩沉这座城市的来龙去脉，发现一些城中人物的命运遭际，也由此探索这座城市市井风习的此消彼长和变换秘密。我做不了这座城市的“通灵人”，却努力想用自己的文字去擦拭和理解这座城市曾经的苦难与风流、艰辛与繁华，去欣赏她的陋巷弦歌和市井叫卖声，以此表达我心中的热爱。

我爱她的风花雪月，也爱她的烟火气息。30多年来，我一直居住在东湖边，亲历了三官殿、黄鹂路、东亭路一带从鸡犬之声相闻的“城中村”到风雅浪漫的文艺街区的华丽转身。幸运的是，由30年前那条窄窄的荒草小路而变成的武汉最美的一条大道东湖路，靠近东湖的那一侧，几十年前就在那里生长的一大片樟树林，被完好地保存了下来。

这片樟树林，30年来一直是我心目中的一片憩园。坐在我家七楼的阳台上远眺，烟波浩渺的东湖湖面，还有远处黛绿色的珞珈山麓、磨山顶峰，都可尽收眼底。几乎每天傍晚，我都要沿着一条林中小路，走进这片幽深寂静的，由许多高大的香樟树、枫香树和少量的松树组成的树林中，散一散步。深秋时节，樟树林里落叶缤纷，琥珀色、深红色和金黄色的落叶，在地上铺了厚厚的一层。在这片树林的边缘，还有空旷的大草坡，草坡上长着不少枇杷树。这里是我读书、散步、沉思的“村庄”。我在这里聆听斑鸠的鸣叫，观察戴胜鸟和丝光鸟的活动规律，也看到过小松鼠们机警地奔向树顶的样子。这些年来，我的不少作品也是在这片美丽的樟树林里一边散步、一边完成构思的。

武汉是长江边有名的“火炉”城市，一到夏季就酷热难当。很长的年月里，武汉的夏夜都有家家户户在街头休憩消暑的情景。盛夏时节，一到傍晚，大街小巷的人们就开始在自家门前的地面上一次次地泼洒凉水，给地面降温。待地面的水汽蒸发后，便纷纷搬出自家的竹床、竹躺椅等卧具，沿街一字儿摆开。吃过晚饭后，男女老幼会换上最凉爽的汗衫短裤，手执蒲扇，躺在竹床或竹椅上，聊天休憩，度过一个个酷热的夏夜。竹枝词中“后街小巷暑难当，有女开门卧竹床”，描写的就是汉口花楼街夏夜的这种小景。今天，人们普遍住上了高层楼房，用上了电扇、空调，再没有了竹床满街的景象。

太阳每天都是新的，这座城市也在不断变化，一步一步向前迈进。武汉正在引领着自己的市民，朝着更美好、更幸福、更文明的明天走去，尤其是在经历了疫情防控的战斗之后，人们发现，武汉不仅是一座英雄的城市，也是一座知恩感恩的城市。每一位武汉人，将会更加珍爱每一个崭新的日子，更加热爱这座城市。

此刻正是夏季。荆楚大地上，万湖荷花正在尽情绽放。仅在武汉市区内，就有大约 160 个大小湖泊。竹枝词里歌曰：“乘凉最好是琴台，万柄荷花槛外开。直到夜深方罢饮，一船明月过江来。”武汉也是一座高山流水觅知音的城市，她正捧出百湖莲藕、万柄荷花，欢迎各地朋友的到来。

晚风吹过慈竹林

广汉山谷，有竹名慈。生必向内，示不离本。

2004年，我在创作文学传记《少年邓小平》的时候，特意到邓小平童年时代生活过的那个小村庄——四川省广安县协兴镇牌坊村，住了好几天。

当时，从华中地区驶往重庆去的火车，一般都是在黎明来临之前到达广安站。我在广安县城下车后，坐了一辆小三轮车，开到协兴坝子上的牌坊村时，天刚蒙蒙亮，川东坝子上的农家，都还没有醒来。

小小的村子，看上去一切都是那么平静。千百年来，川东农家在这个竹木遮掩、炊烟袅袅的小村落里，日出而作，日落而息，过着一成不变的日子。村边有一个很小的池塘，名叫“清水塘”。每天早晨或傍晚时分，牌坊村的妇女们会到这里淘米、杵衣，拉拉家常。

沿着清水塘往上走一段小路，可以看见一片郁郁青青的桑园。桑园深处有一栋坐北朝南、悬山式木结构的小青瓦屋。这栋小青瓦屋，就是当年邓小平家的蚕房院子。离这蚕房院子不远处，有一个白墙青瓦的小院落，1904年，邓小平就诞生在这个宁静的小院里。邓小平小时候的名字叫邓先圣，上小学后又取名为邓希贤。这个小院子是经过了逐年的扩充和修缮，才渐渐完成的。让我感到好奇的是，小院子的屋前屋后，长满了一丛丛秀丽的、细长的竹子。

这些竹子，和我平日里见到的挺拔的翠竹、粗大的楠竹都不太一样。每一棵竹子的竹竿都比较细，竹梢都向下低弯着。我问一位老伯，这是什么竹子？他告诉我，这是“钓鱼竹”。的确，每根竹子都很像人们垂钓时，有一头正下垂到水面的钓竿儿。

“钓鱼竹”，显然不是“学名”。我继续询问，才弄明白，这种竹子通常的名字叫慈竹，也叫茨竹。川东坝子上，还有一些地方叫它们“笼竹”，一丛一丛生长的竹子，看上去确实像是“一笼一笼”的。慈竹一般会长到10米左右的高度，越到顶端越是细长，然后变成了弧形，竹梢弯曲和下垂着。慈竹因为都是丛生的，所以湖南和湖北有的地方也把它们叫作“丛竹”。一丛竹子，总是细细密密地拥挤在一起，小的一丛有几十根，大的一丛有几百根。别的竹子在春天里长出的嫩笋，都可以食用，但是慈竹的笋子不能吃，据说味道很苦。而且，慈竹的笋子大都不会在丛外生出，只会在丛里生长。

“笼竹”“丛竹”这样的名字比较好理解，都是从形态上讲的。那为什么会叫“慈竹”呢？原来，当地人认为，慈竹的新竹和旧竹紧密地集结在一起，高低相倚，就像老少相依，子孝母慈，不离不弃。所以，人们称它们为“慈竹”。这个名字里，其实也寄托着中国人民一种传统的道德伦理。

中国古代不少诗人为慈竹写过赞美诗。最有名的当是被列为“初唐四杰”之首的诗人王勃写的一篇《慈竹赋》。其中写道：“广汉山谷，有竹名慈。生必向内，示不离本。修茎巨叶，攒根沓柢。丛之大者，或至百千株焉，而萦结逾乎咫步……若乃宗生族茂，天长地久。万柢争盘，千株竞纠。如母子之钩带，似闺门之悌友。恐孤秀而成危，每群居而自守。……”

王勃自幼聪明好学，6 岁就能作诗，9 岁时读到颜师古注释的《汉书》，竟然洋洋洒洒写了十卷《指瑕》，指出了颜师古著作里的错误之处。20 岁左右，王勃从长安启程入蜀，在四川各地游历。《慈竹赋》就是这时候写下的。

清代有一位诗人叫孙枝蔚，他在一首怀念友人的诗《追挽徐镜如》里，借物咏怀，这样写道：“慈乌亦有儿，慈竹亦有孙；孤儿称丈夫，敢忘祖母恩。”也写出了人们见慈竹而念“慈恩”

的价值观。

除了道德伦理和精神上的“象征”意味，慈竹也像别的竹子一样，为人类“奉献”了自己的一切。无论是川东还是川西坝子上，人们经常看见的诸多竹器用品，大都是慈竹的功劳。慈竹的篾片和篾条很柔软也很坚韧，像筲箕、簸箕、筛箩、篼篼、背篓、菜篮，还有凉席、晒簟、摇篮什么的，慈竹的篾片都能“担当”。

川东的农家过去盖竹屋、草房时，喜欢用慈竹竹竿和竹片扎架，也常常把坚韧的、捣碎的竹筋搅拌进黏土和石灰里，作为砌屋和粉墙的材料。据说，李冰父子在建造中国古代水利工程的“杰作”都江堰时，用来添装大鹅卵石的结实的“笼篼”，都是用坚韧的慈竹编织的。这是细长和坚韧的慈竹，为中国水系治理史上的智慧创造做出的独特贡献。慈竹像苇草一样，还可作造纸的原料。慈竹的竹篷，捣成了丝网状，也可纳进布鞋的鞋底。

我住在广安县协兴镇牌坊村的那几天里，每天傍晚，都会坐在邓家小院子外面，听那一阵晚风吹来时，屋前屋后的慈竹林里发出“沙沙沙”的声音，好像有什么东西在竹林里悄悄爬动一样。

我想象着，一百多年前，在这个小小的院落里，在同样的傍晚时分，小时候的邓先圣，没准儿也会这样竖起耳朵，倾听着从慈竹林里传出来的“沙沙沙”的声响吧？一个小小的农家娃，正在慈竹掩映的小院子里，欢度着自己无忧无虑的幼年时光……

说吧，香格里拉

您觉得他会再次找到香格里拉吗?

对于大多数人来说，“香格里拉”首先不是一个地理意义上的名词，而是一种美丽的社会范式，一个“理想国”，一种全人类共同的精神向往的象征。将近一个世纪之前，英语辞典里并没有香格里拉（Shangri-la）这个单词。现在，英语辞典里对它的解释是：“世外桃源，虚构的乌托邦。”

说它是虚构的乌托邦，源于英国小说家詹姆斯·希尔顿的长篇小说《消失的地平线》。那是西方文化权利和价值观念急剧膨胀的年代。人们说，那时候一切有野心的男人，都沉醉在哥伦布式的冒险、寻找和渴望发现的狂热之中，在一切荒蛮的和人迹罕至的土地上写下自己的名字，成为当时许多冒险家的理想。就在这样的气氛下，伦敦著名的麦克米伦出版公司适时地推出了一部名为《消失的地平线》的长篇小说。

小说讲述的是，英国外交官康韦和他的副手马里森、美国人巴纳德、传教士布琳克洛小姐四人，在战时乘飞机沿中国至印度的航线飞行时，被劫机者劫往东方的一个神秘的蓝月山谷。在飞机迫降的过程中，飞行员受到致命的撞击。通晓汉语的康韦从奄奄一息的飞行员嘴里得知，这片山谷是中国藏区的某个地方，叫“香格里拉”。

康韦发现，他们所坠落的这个地方，被形似金字塔的美丽雪山和森林环抱着，附近还有一座喇嘛寺院。没过多久，飞行员死了。正当他们感到生还无望的时候，奇迹出现了。阳光下走来一队东方僧人，将他们带到了一个充满神秘色彩的、深藏在雪山峡谷之间的田园式村镇。这是一个人与自然和谐相处，充满了安闲、祥和、宁静和亲善的地方。大自然为这里布置了美丽的雪山、冰川、森林、草甸、峡谷、湖泊和金矿，而人类的各种信仰也在这里和平共存。这里的喇嘛高僧竟是19世纪初来自欧洲的传教士；美丽的雪山下，不仅矗立着基督教堂和喇嘛寺院，而且还有道观和儒教祠堂。康韦等四个西方人在这里度过了一段悠闲、安宁、与世无争的世外桃源般的生活。他们四人都认为香格里拉是他们所见过的最幸福的社会。康韦迷恋着这里的优美恬静，巴纳德钟情于这里丰富的矿藏，布琳克洛小姐幻想着在这里传播她所信仰的宗教教义，他们都不愿离开香格里拉。只有马里森因婚期在望，思念远在英国的未婚妻，总想离开这里。

不久，马里森利用机会，胁迫康韦做伴离开了香格里拉。他们一路翻山越岭，穿过无人区，曾途经藏汉边界的大兴府，马里森身染重疾，未到达汉地就病死了。康韦也突然失去记忆。后来，康韦虽因偶发事件恢复了记忆，但再也想不起也找不到通往香格里拉的道路了。小说结尾的一句话是："您觉得他会再次找到香格里拉吗？"

希尔顿不愧为一位天才作家，他不朽的功绩正如《不列颠文学家辞典》所说的，他为英语词汇创造了一个现代"世外桃源""伊甸园"和"乌托邦"的代名词，他把西方的文化价值观念，植入了远在东方的一片人间乐土之中。小说问世后，被独具慧眼的好莱坞制片公司一眼看中，其斥巨资买下了这部作品的电影摄制权，并邀著名电影导演弗兰克·卡普拉执导，罗纳德·柯尔曼和简·沃特主演。于是，"香格里拉"又借助电影这一现代艺术形式风靡一时。尤其是电影主题歌《这美丽的香格里拉》，几乎在一夜之间唱遍了全球，使远在东方的那片充满诗意、梦幻和神秘色彩的人间净土，从此成为越来越多的人寻找、投奔和梦寐以求的精神家园。

希尔顿虽然从未到过中国，但他的小说却成了人们寻找和认证香格里拉的线索和依据。当年这部电影的主演之一简·沃特后来由衷地感叹道："我相信每个人的心里都向往香格里拉，我也希望全世界的人都能去看看这个山谷……"

现在，经过专家考证和东西方学者、旅行家们的认可，我们知道了，多少年来人们一直在寻找的那片净土——希尔顿笔下的那个"世外桃源"，不在别处，就在中国云南省迪庆藏族自治州境内。希尔顿小说的主人公康韦所见到的那座雪山，就是德钦县境内的梅里雪山。

无论怎么说，"香格里拉"作为一个真实存在的地方，总算是找到了。现代工业文明又为我们到达这个美丽的地方提供了越来越多的便利。于是，作为自然地理意义上的这片土地，许多人都可以轻易地踏上去了。这时候，香格里拉是好客的，它向热情的游客敞开了世俗的怀抱。

可是，作为神性的香格里拉呢？作为希尔顿所虚构的那个"乌托邦"式的人类精神之乡的香格里拉呢？那个我们曾经拥有过的，人神共处、人与大自然和谐一致、亲如一家的香格里拉呢？我甚至认为，我们最终应该寻找的，正是那个比自然地理意义上的香格里拉更为宏大、庄严的，象征着对某种神性价值的终极追求的香格里拉啊！只有这个香格里拉，才更具有存在的整体感、真实感和神圣感。它也被我们找到了吗？如果没有找到，那么，它又在哪里呢？它离我们还有多远呢？

环顾四周，我看见，世界仍然被笼罩在种种灾难和危机的阴影之中。当海岸被鲸吞，大地被蚕食，天空被毒化，森林被席卷，小鸟的翅膀被种族仇恨的弹片擦伤，田野上叠印着坦克履带的痕迹，还有无休无止的奢靡，对于世界的贪得无厌的榨取……我在想，这样下去，我们是否正离我们要寻找的那个香格里拉越来越远呢？即使不是越来越远，而是近在眼前，我们是否也该有所思忖：凭着我们有过的作为，我们能够被那片宁静的田野、蔚蓝的湖泊、圣洁的雪谷和肃穆的森林接纳吗？

写到这里，我忍不住又看了一眼希尔顿小说结尾的那一行振聋发聩、天才闪光的文字："您觉得他会再次找到香格里拉吗？"

大地的眼睛

一个湖是风景中最美、最有表情的姿容。

卡瓦格博是藏民心中的神山，碧塔海是藏民心中的圣湖。“碧塔”，藏语的意思是“栎树成毡的地方”。这是对掩映在群山深入和古栎苍松之中的这个圣洁、宁静的湖泊的最好的赞美。

《藏传佛教》告诉我们：“前往圣境要穿越荒漠与高山，行者除了必须克服崇山、峻岭、大河等自然障碍之外，还得与神相通，求得诸神的帮助，以慑服沿途之恶魔。”这是指在遥远的古代。而在人类已进入后工业文明的今天，通往圣湖的路上，已经不再有大自然为我们留下的难以逾越的阻碍了。唯一的“恶魔”只存在于每个人自己的身心之中，就看你在进入圣境之前，是否已做过必要的精神修炼和灵魂清扫了。这原是一个极为朴素的真理：你安静，世界也就安静；你洁净，世界也就洁净。对于圣湖来说，也是这样。它的全部美质只向灵魂洁净、向往宁静的人们展示。

在一个午后，我们沿着由粗大的圆木横铺而成的排道，穿过一片深如碧海的原始冷杉林，向心中的圣湖靠近。谁也不知道，这片原始森林中的栎树和冷杉，已经有多少个年轮旋结于心中了。它们的树干上或是结着厚厚的青苔，或是挂着长长的轻丝般的寄生松萝，使人只看一眼就会产生一种沉重的沧桑感。在这里，老去的是漫长的岁月，而亘古不变的境界，则是物种与物种之间、人与大自然之间和谐一致的关系。

黄昏时分，我们来到了圣湖前。四周万籁俱寂，使我感到仿佛已置身世外。这真是一个难得一见的湖泊。它所显示的静谧、安宁和神秘气象，使我如同目击了生命的初始，神、自然和人类的共同而温情的组合。它的湖水因为天色昏暗而变得有些幽黑和神秘，却又隐隐透出一种古老的蓝宝石一样的颜色。不，这苍老的蓝色之上还分明镀着一层若有若无的暗金色调，这是群山背后的太阳所留下的最后一瞥目光。

坐在黄昏的圣湖边，我突然感到自己变得那么安宁，就像摇篮里的婴儿，在母亲的目光下沉入了甜美的梦境。没有任何水鸟的叫声，似乎也没有听见虫鸣，只有密林深处偶尔传来的时断时续、若有若无的一两下马铃的叮当声。当马铃的叮当声渐渐消失，我觉得，这世界上仿佛只剩下我一个人了，坐在圣湖边，一如依偎在宽厚、仁慈的地母的怀抱里。

美国散文家梭罗曾说：“一个湖是风景中最美、最有表情的姿容。它是大地的眼睛，望着它的人可以测出他自己的天性的深浅。”我知道，我不是一个对自然风景很敏感的人。我贫乏的词汇量和苍白的语言也无法准确地传达出我所感到的碧塔海的美丽。但在这里，对着这明镜一般清澈的“大地的眼睛”，我却分明看到了自己的一部分天性：原来我是这样容易归依于一种寂寞和宁静啊！古老的碧塔海所蕴含着的这种和谐、单纯的宁静哲学，不也正是我一直在寻找的“精神之乡”吗?

当宝石一样的星星闪耀在香格里拉上空的时候，我们告别了即将沉入梦境的圣湖，走出了漆黑的林子，回到了凡尘之中。回来的路上，我得到一本迪庆高原的导游手册，仿佛冥冥之中有一个巨大的暗示，我一眼就看到了手册的某一页上所引录的一位藏学大师的一句话：“而最终我们都将归于宁静。”在大千世界之中，每个人都应该寻找自己内心的香格里拉。